'04年版ベスト・エッセイ集

日本エッセイスト・クラブ編

人生の落第坊主

文藝春秋

人生の落第坊主◉目次

掲載紙誌の発行年はすべて二〇〇三年です。

人生の落第坊主

海のとき、都会のとき　辰濃和男　12
古伊賀に憑かれた男　中島誠之助　18
血に酔う　大西峰子　22
我が歎き　佐藤愛子　26
山口瞳は面白くてコワいぞ　嵐山光三郎　36
齢をとるほどに桜に近づく　赤瀬川原平　42
チラシ　張令學　47
ニューヨーカーは何を食べてる？　廣淵升彦　52
代々木公園の桜吹雪　遠藤順子　59
バイリンガルのすすめ　陳舜臣　61
人類はみな麺類か？　鹿島茂　65

日本人と桜　中西進　73
浪華俗世の知恵　藤本義一　79
遍路道を歩いてわかったこと　細谷亮太　86
人生の落第坊主　池内紀　92

神さまへの手紙

なさざる所あり　阿部達二　98
経歴詐称？　長田弘　104
いのちをみつめる　黒岩徹　107
歩み入る者に　やすらぎを　中川忠夫　113
線路の果てに　比企寿美子　119
「どうか読み飛ばしてください」　久島茂　127
ふたつの異なる世界性　岩井克人　131

名残りとぞ見る吉野山　中野孝次　136
ケア、人間として人間の世話をすること　色平哲郎　141
銀座行、駅馬車に乗って。　大林宣彦　148
花吹雪考　牧野和春　153
脳出血に襲われて　塚本哲也　159
「百寺巡礼」余話　五木寛之　163
柩にこそケイタイを　松山巖　167
神さまへの手紙　村松武司　170

父の万年筆

普段着のファミリー　阿久悠　176
私が知っている桜の森　篠田正浩　181
祖母ハンナ・オコンネルと私　島村由花　184

人生の転機　葛西敬之　189
私はおばあさん　星野博美　192
紀宮様のお誕生日に　山岸哲　197
武士の娘は「き」の字に眠る　福田はるか　201
アウシュヴィッツの真実　浅田孝彦　207
マナーの達人　熊倉功夫　213
にぎやかなフライパン　水木怜　218
桜の解毒作用　河竹登志夫　222
この目で観た完全試合第一号　小川九成　225
煮ても焼いても食えない……か　川越良明　231
父の万年筆　麻木久仁子　234

犬のため息

父と子　若林ケイ　238
上野駅の立ち喰いそば　清原和子　243
デブと帝国　中西輝政　247
追想　平岩弓枝　251
足裏文化考察　角田光代　254
老いは贈り物　田沼靖一　258
お父さんのブラジャー　酒井順子　261
志ん朝師匠の銀座　林家こぶ平　264
公平という事　永井敏雄　268
眺望の消滅と命の競争　林えり子　273
秋の終わりの銀座の空　石田衣良　276

ある夏の日に　長谷川美智子　281
長いつきあい　白石敏男　283
一期一会　渡辺允　287
犬のため息　三浦哲郎　290
2005年版ベスト・エッセイ集作品募集　293

人生の落第坊主

——'04年版ベスト・エッセイ集

装画・装丁　安野光雅

人生の落第坊主

海のとき、都会のとき

辰濃《たつの》和男《かずお》
（ジャーナリスト）

ニュージーランドの旅ではいつも、「ときの流れのゆるやかさ」といったものを感ずることになります。

この国の人びとは、鉄道も高速道路も一直線に伸ばすことにそうこだわってはいない。むしろ曲がりくねっていたほうが自然だと考えているようでした。山があれば、山の麓に沿って回り道をすればいい。時間が多少かかったとしても、それはまあ、それでいいじゃないか、というやわらかな思いを感ずることがたびたびありました。

昔の、そう、昭和初期のころの日本には、ゆったりとしたときの流れが生きていました。東京でもそうでした。私のように東京で育ったものでも、ニュージーランドという国に身を置いているとたまらないなつかしさを覚えるのです。幼いころ、つまり昭和ヒトケタの時代に味わったときの流れに似通ったものがそこにあるからでしょう。

人口が日本の三十分の一という国情を考えれば、単純に比較するわけにはいきませんが、それでも、この国の人びとの暮らし方には学びたいと思うことがたくさんあります。

北島を走る鉄道は、ラウリムという場所で、高さ約二百メートルの高台を越えるため、ゆるやかな勾配の螺旋《らせん》状の鉄路を走っています。しろうとの考えですが、日本だったらこういう場合、大規模なトンネルで一直線に山を貫いたのではないでしょうか。

橋にしたって、自然のゆたかな地域では大きな、めだつような橋を造っていない。日本なら橋を造るに違いないと思える場所でも橋を造らない。

海辺の道を歩いているとき、歩いて入江を横切ることがときどきあって、これは刺激的な体験でした。南島北端のアベルタスマン国立公園でのことです。何日か海辺の森を歩くという旅に参加しました。参加者はイギリス人、オーストラリア人、オランダ人、日本人とにぎやかでした。

丘の上から見ると、黄金色のなぎさが、翡翠《ひすい》色の海を抱いている。近づくと午後の日を浴びた海はたくさんの銀の粒を浮かべている。さらに近づいて浅瀬に立つと、足裏を洗う波はおそろしく透明で、砂の一粒一粒、小石の一つ一つの姿を丹念に描きだしている。立ち去り難い思いにとらわれる風景です。夕食後、女性のガイドさんが、

「明日は入江を渡ります。水着を忘れずに」というのです。

「子どもでも歩いていけますか?」

「深さは?」

つぎつぎに質問がでます。ガイドは手で首までの高さをしめし、ここまでのときもあるのよ、と笑いながら脅かしていました。

翌日、頭に荷物を乗せ、腰のあたりまで海水につかって歩きました。対岸まで百メートルは歩いたでしょうか。子どもははしゃぎながら泳ぎはじめています。

なぜ橋をかけないのか。

「オカネがかかりすぎるし、それに、どんな橋でも海辺の風景をぶち壊しにしてしまうでしょう」

ガイドの答えでした。橋ができれば歩いて三分もかからない。その三分の便利さのために、風景を壊してもいいのか。海中を歩けば、着替えの時間もいれて四、五十分はかかります。でもそれがなんだろう。みなでわいわい騒いで、海中歩行をたちまちたのしい道草の場にしてしまう。「三分の便利」よりも「四十分の遊び」を選ぶ。そこにはまたウィルダネス（野性）を尊重するこころがあるように思いました。

以前、作家の堀田善衛さんが、一台のギターを作りあげるのに十七年をかけた職人の話を紹介していました。スペインでの話です。堀田さんは、仕事をやりとげた職人の充足感について書き、「今日の日本社会で、仕合わせというものが、どういう人間の在り方に対して報われるものなのかさえが、多忙と破壊変動の激しさにまぎれて、考えにくいことになってしまっている」とも書いています。

この文章を読んだとき、ある飛驒の匠のことを思い浮かべました。

明治の初め、名工、川尻治助は、岐阜県丹生川《にゅうかわ》村で田上家を建てています。見学していて、長い間立ちつくすほどのできばえです。飛騨では「丁寧な仕事をする人こそ名人だ」という言い方をよく聞きましたが、丁寧に、ひたすら丁寧に造られた屋敷でした。

「完成までに十二年かかりました」

といまのご当主から聞き、「えっ、十二年ですか」と聞き返してしまいました。もうこんでおれのかまうところはのうなってしまったで、今日でひまもらってゆく」と頭を下げて去るのです。

最後の日、治助は「よう気長にやらせてくださった。もうこんでおれのかまうところはのうなってしまったで、今日でひまもらってゆく」と頭を下げて去るのです。

治助自身は十二年の歳月を思い、充実した思いで家路についたことでしょう。が、家族は赤貧のなかにあったそうです。そういう矛盾のなかでも飛騨の匠は仕事に誇りを持ちつづけました。いや、昭和の初期までは、そういうゆるやかなときの流れがあって、それこそが匠の文化を支えたのです。時代のせわしさが、丁寧な仕事に敬意を払う文化を日々、破壊してゆきました。

海が好きで、海を眺めているのなら一日中でもいいということがよくあります。

海には「海のとき」がある。

潮が満ちて、引いて、また満ちてくるというときの流れは宇宙の営みです。カニや貝は宇宙の営みに身をゆだねて生き、その動きを見て鳥が群れます。大都会に生きるものの哀しさは、太古から続いている「海のとき」を捨て去ったところで生きざるをえないことです。「都会のとき」が「海のとき」をのみこんでしまっている。

都会でも「海のとき」を感じながら生きている人もいますが、多くの人は干満のゆるやかさを忘れ去って、寸秒のときの刻みに支配されている。私なんかもその一人で、それだけに海への餓《かっ》えが激しく、餓えが極まると沖縄やポリネシアやニュージーランドの海を訪ねることになります。

ニュージーランド南端のスチュアート島を訪れたとき、ロンという名の老人が案内役を引き受けてくれました。元は環境省の森林管理人だった人です。岬の草の上に坐って昼食をとっているとき、ロンがいいました。

「私はこの海、この岬が好きで、よくここに来ます。ほら、たくさんの長い昆布がゆったりと波にゆれているでしょう。潮の満干を感じながら、ここでぼんやりしているのが私の最高の歓びです」

鉄やコンクリートの建造物を造るというとき、それが本当に必要なのか、地域の野性を破壊することがないのか、そのことをきちんと考えるときを持ちたい。ロンと私はそんなことを語り合いました。ゆるやかなときの流れに沿うことは、走りだす前にゆっくり考えるという営みにつながります。私たちは戦後、ゆっくり考える暇もなく、せわしく動きすぎて、失うべきではない「海のとき」を失ってしまった。そんな切ない思いがあります。

昔、沖縄で海洋博があったときです。

ヤップのサタワル島からチェチェメニ号という一艘のくり船が海洋博の会場に到着しました。海の民としての表敬訪問でしょう。途中、近代的な設備をもった帆走船が台風の発生を知らせようとすると、くり船はすでに雲の動き、波の動きを見て安全なところに避難していたという話も聞きました。一行は東京にも寄り、「こんなにいろいろあっては生活が苦しいだろうな」と同情したそうです。

何年かたってヤップを訪れる機会がありました。サタワル島出身の老人に会ったので、「チェチェメニ」とはどういう意味かと尋ねたことがあります。老人が答えました。

「よく考えよう、という意味さ」

「海のとき」が生んだ言葉です。

（「暮しの手帖」二―三月号）

古伊賀に憑《つ》かれた男

中島《なかじま》誠之助《せいのすけ》
（古美術鑑定家）

伯父に当る養父はこわい人ではなかったが、胸襟をひらいて打ちとけるという人でもなかった。だから「お父さん」と呼んだことは一度もない。たいていの場合「オヤジサン」と呼んで、父との間に溝を一本掘って接していた。溝をこしらえておかないと、足を掬《すく》われるのである。うっかりこっちが気を抜いて接すると、嫌味たっぷりに小馬鹿にするのである。

中学生のとき、二階の子供部屋で机に向かって宿題をやっていたところ、父親が階段を上がってくる足音がした。一生懸命に勉強している姿を見てもらおうと、夢中で鉛筆を走らせている私の後ろに立って父親は一言いったものだ。「なんだ、まねごとか」と。

とはいえ骨董商の修業のために父の下で働くことは、それほど嫌なことではなかった。それは父親が、取りつく島もないように見えていて、情にもろいところがあったからだ。そのうえ小僧からたたき上げた苦労人だけあって、相手をとことん追い詰めず逃げ道を開けておいてくれたからである。

強情であることにかけては、父親より私の方が数段上である。おまけに私が無類の歴史好きで、なぜか落語家志望なんてところは、テキもセイノスケには絶対かなわないことを承知していたのだ。

だからというわけでもなかろうが、父親は私にモノを教えなかった。何を聞いても鼻で笑って横を向くばかりである。しまいにこちらも絶対に聞こうとはしなくなった。知りたいことがあれば嗅ぐのである。そして嗅ぎまわっていることを気付かれないように、素知らぬ顔をしているのである。

これでは普通の親子関係は成立しない。しかし、徒弟関係は見事に成り立つのである。だから目利きになるのだ。目利きのような仕事は、教えてもらって分かるものではなく、体で覚えるものなのだ。

父親が生涯かけて一番好きだったものは「古伊賀」である。古伊賀の花生《はないけ》を入手した時なぞは、こっちは絶対に近付かないように気をはっていた。それは犬が餌を食べているときにうっかり手を出すと、いきなり嚙まれるのに似ている。

父親は美術クラブの競り市で、喧嘩腰で分捕ってきた古伊賀の花生を、ためつすがめつ眺めた後で、ざんぶりと水をかけて床の間に置く。焦げとビードロが生き返ったように輝いて、ゆらゆらと動き出すように見える。しばらくすると花生が床の間の畳に根をはやして、静寂があたりを支配する。

こんな時の父親の背中は、古伊賀とおなじ不動の姿になっていて頼もしく見える。しかし油断は禁物で、気配を察せられただけで小言がふりかかってくる。お呼びがあるまで次の間でじっと息をひそめているのだ。

だから私は古伊賀が分かってきた。一度だけ名古屋の美術クラブで横井米禽《よこいべいきん》作の伊賀の花生を、古作と粗見して引っかかったことがあるが、それだって名作の一品だった。

直し屋の繭山萬次《まゆやままんじ》は、今では日本一いや世界一の古陶磁修復の達人だが、若い時から父のところへよく来ていた。それは古伊賀の勉強をするためで、ビードロの付き方や焦げの微妙な変化を知って、自分の修復の技法に生かすための博士課程のようなものであった。

私がまだ高校生のころだったと思うが、父は毎日のように「マンちゃん、マンちゃん」と電話を掛けては、赤坂の自宅へ呼び出していた。繭山がやって来ると、早速に奥の広間で古伊賀を前にして、研究に余念がない。その間、家族の者たちは声も出せず、やがてお開きとなって、広間へ酒肴が運ばれてようやくホッとするのである。

だからいま、繭山萬次が修復を手掛けた古伊賀の茶陶《ちゃとう》が出てきても、何人《なんびと》もその補修を見破ることはできない。第一級の直し屋というものは、第一級の目利きでもあるのだ。

父の元へ修業に入って数年してのある日、東京の上野で開かれる二の日会という競り市へ出かけた時のことだ。競りに出されたウブ品(初めて市に出た品)のひと山の中に、古伊賀の水指《みずさし》が混じっているのを遠目で見つけだした。座布団に座って競りを観戦している父親の背中を軽くつついて、「古伊賀が……」といいかけて思わず口をつぐんだ。振り返った父の形相の、あまりの恐ろしさに舌がもつれたのだ。

水指を首尾良く入手しての帰り道、「お前もそこまでわかるようになったんだ」と父はぼそっと私にいった。後にも先にも父親に褒められたのは、あの時だけである。

（「やきものを楽しむ」十四号）

血に酔う

大《おお》西《にし》峰《みね》子《こ》
（主婦）

明治十四年に斬首刑が廃止になるまで、十二歳から十七年間、三百人余りの首斬りをしたのが、最後の首斬り朝右衛門こと、八世山田朝右衛門である。

初代山田朝右衛門は、最初は「据物試し斬り」の名人として、徳川家の刀の試し切りを刑人の死屍でしていたが、いっそ「斬り手」も兼務に、ということで、以来、斬首は山田家の家業となる。

この八世山田朝右衛門が報知新聞在職中の篠田鑛造に自ら売り込んだ話が、篠田鑛造著書の『明治百話』に掲載されている。後にも先にもこんなナマの話を知ることはできまいと、どっぷりと引き込まれるように読んだ。

三百人もの人の首を斬ったら、怨念に取り付かれ、寝付きも寝覚めも悪く、いくら家業とはいえ、老後もおよそ心安らかに過ごせそうにもなく、ひたすら写経して過ごすような人生になるのでは、と想像して読み始めた。

が、全くの素人考えだった。読後にはプロの首斬り人の氷のような透徹した凄さに、吐く息も白くなったような気がした。

朝右衛門の麴町区平河町の屋敷には、やはり昔から幽霊が出るという評判が絶えなかったが、朝右衛門は「惜しいことに一度も幽霊を見たことがない。一々怨霊に取り付かれていたらもたない。取り殺してやると呪って死んだのもいるが、いまだに現れないから出ないんだろう」と幽霊など、はなから相手にしていない。

首斬りのあった夜は、夜通し酒盛りをして騒ぐので、世間が怨霊に悩まされて寝られないのだと曲解し、幽霊の噂が広まったのではという。その酒盛りの理由に、肝を潰した。

人を斬った後は「血に酔う」というのだ。頭がのぼせて大変な疲れを覚え、妙な気持ちになるという。山田家では、その日は徹夜の宴会が許され、底を抜いて騒いだそうだ。

私には「血に酔う」という言葉が強烈に頭に響いた。人の首を斬って「血に酔う」とはなんと即物的な言葉なのだろう。殺した人の、人生とか人格などに思いを寄せる空気のような抽象的な感情はなく、血を出す物体を対象にした肉体的な感応の感想だ。

朝右衛門が、凡人から隔絶した、プロの首斬り人たるところも、どうもこの辺りにあるのではないだろうか。

朝右衛門は自分の仕事の手順を、職人が仕事ぶりを話すように淡々と述べている。

先ず罪人の方は絶対見ないようにする、自分の出番になるまで空を見たり、草木を眺めて待つ。左右から罪人を「押さえ人足」二人が押さえ、一人は後ろから両足の親指を握る。こうすると首が前に伸びる。準備ができると、いきなり罪人の側へ進み「汝は国賊なるぞ」とハッタと睨み、すぐに柄に右手をかけ、心の内で涅槃経《ねはんきょう》の四句を詠む。「諸行無常」で右手の人差し指を下ろし「是生滅法」で中指を下ろし「生滅滅為」で薬指を下ろし、「寂滅為楽」で小指を下ろした途端に、首が落ちる。

始めの内は辺りが真っ暗になり、一筋の刀光がキラリと閃き、斬った後、始めて目が醒めたが、場数をこなす内に、四辺がはっきりして、罪人が女だと風にゆらぐおくれ毛までよく見えるという。域を極めた話にうなった。

この山田家では三代目から、代々俳諧門に入り、宗匠の資格を志すことになった。というのも斬首前に辞世を詠《よ》むものがあっても、文字がわからなかったり、意味がわからなかったりして、恥をかくことがあったからだ。三代目が、これは武道一点張りでは勤まらない、風流も心がけようと思い付いたことからはじまったらしい。

朝右衛門は、いい思い付きをしてもらったおかげで、罪人の詠む詩歌発句もわかり、恥をかくこともなかったと語っているが、この俳諧はあくまで職業の延長線上にあるもののような話し振りである。

明治十四年に斬首刑が廃止となり、家業が断絶してから、明治十九年、七十二歳で亡くなるまでの七世山田朝右衛門の晩年は、やはり篠田鑛造著書の『幕末明治女百話』の中の、朝右衛門の娘の話から知ることができる。

娘は、家の中は、鑑定を求められた刀だらけで、父が蠟燭の灯で両目を凝らし刀を鑑定する形相は、幽鬼と化したような凄絶な迫力だったと語る。

七世朝右衛門は晩年は仏教信者になり、乞食を連れてきて衣食を与えたり、毎朝、雀と鼠に粉米をやるのが楽しみで、雀や鼠も朝右衛門が手を叩くと寄ってきて、鼠は膝に乗るほどに馴れていたと言う。

ある日、家人が餌の経費もかかるので、止めさせようと、餌を切らしたと告げると、「雀のごはんがくるまで私も待ちます」とスネてごはんを食べなかったらしい。

この話に私はひどく違和感を覚えた。夥《おびただ》しい数の人を斬ったであろう人が、何ゆえ、またよによって、雀や鼠にこれほどの慈悲心を起こすのか。

その後も、娘はくどいほど父の仏性ぶりをくりかえし話す。寺に「大慈悲」の額を寄付したり、仏参に精励し、仏様みたいだったと強調する。しかし計らずも父の言葉の回想で父が仏教に帰依した真意を漏らした。

「自分（と息子）の代で斬首刑が廃《すた》り、刀剣の鑑定をしているのは、快心のことで、仏性を起こし、慈悲善根により、ご先祖の冥福を祈るのだ」

自分の先祖の冥福を祈るためにであって、刑死者のためではない。一貫して刑死者に対等の人間としての思いを寄せることはない。責任をもたなくていい雀や鼠に餌をやるのも彼流の慈悲の行いなのだろう。

そして臨終の二、三分前まで刀剣を鑑定し、刀剣は生得好きであったという。朝右衛門の鑑定は、斬れる刀の鑑定だった。

（「随筆春秋」十九号）

我が歎き　――今は亡き川上宗薫を偲ぶ

佐藤《さとう》愛子《あいこ》
（作家）

川上宗薫という人は実に気の弱い人だった。怖わがり、臆病、アカンタレ。だから蛮勇の女である私などは、

「どうして川上さんってそうなの？　えっ？　どうして？　どうしてそんなにアカンタレなのよッ」

としつこく怒らずにはいられなかった。

二人で銀座裏を歩いていた時のことだ。向うから五、六人の男がずらりと一列横隊になってやって来る。それを見るなり川上さんは、

「愛子さん、あの連中を見ちゃいけないよ、見るなよ、見るなよ」

と囁くのである。まだ陽は高い時刻なので何をそんなに用心しなければならないのか私にはわからない。

「何なのよ？　あの人たち……」

といいつつ、ついそっちへ目が行くと、川上さんは慌てて、

「ダメだよ！　見ちゃダメっていってるだろ……」

俯いたままシーシー声で叱咤する。そうしているうちに男たちは通り過ぎて行った。どうやら川上さんはその男たちを、些細なことで因縁をつける連中と見たらしかった。本当にそういう人たちであったのかどうか、私にはわからない。もしもそうであったとしても、後ろ暗いところなんか我々には何ひとつないのだ。怖れることなど毛頭ないではないか、と私がいうと、川上さんは嘆息した。

「愛子さんは強いよなァ」と。

その頃の川上さんの夢は巨大犬を飼うことだった。大きな犬を連れて歩いていると、強くなったような気分になるからだ、といっていた。念願かなって、あれは何という種類だったか忘れたが、とにかく大きくて獰猛な犬を飼うようになった。（セントバーナードは大きいだけで優しそうなのでダメだ、といっていた）その犬を連れて散歩に出かけ、赤信号で立ち止っていると、丁度横の車道にトラックが止って、運転手と助手が話し合っているのが聞えた。助手があれは犬じゃない、牛の子にちがいない、といい、運転手は、いややっぱ、犬だべさといい争っている。そして助手が窓から顔をつき出して川上さんに訊いた。

「そいつは牛だろ？　牛の子だろ？」

その顔を見た途端に川上さんはビビった。どんな人相だったかわからないが、とにかくビビったのだ。そしてこういっていた。

「そう、牛です、仔牛」

彼はたぐい稀な正直な人だった。自分の卑小さを余すところなく人に見せた。結局、正直に己れを晒《さら》して生きることが一番らくなんだと述懐していた。当時の日本の男はまだ男意識というものを持っていたから、川上さんの弱虫ぶりはいっそ愛嬌になった。ハゲ頭を隠さず、いっそ売りものにしてしまうと愛嬌になる。それが生きる知恵だ。男には人間的愛嬌があった方がいい。へたをすると愛嬌になる前に軽蔑されるという瀬戸際を危うくやり過して、マイナスを愛嬌にまで高めるのが男の修業というものであろう。アデランスなどという禿隠しの苦心の作を頭にいただくようになってから、日本の男はダメになった。

あれはいつ頃のことだったか。早いものでもう四十年近くは経ったと思う。アベック強盗というものが出没し始めて、夜更けの公園や神社の境内などでアベックが（ああ、この言葉がなんと古くさくなったことよ！）愛を語らっていると、怪しい男が現れて金銭を奪ったり女性を犯したりした。その新聞報道を始めて目にした時、私はほんとうにびっくりした。

賊に襲われたアベックの男の方が、女を置き去りにして逃げたというではないか。女は犯された。逃げた男はその後どうしたのか、私の関心はそこにあるのだが新聞報道は、そんなことは決して書かないのである。

「意気地なし男、女を置いて逃げる」

という見出しを、私が新聞記者なら書くが、普通は書かない。読者の方も、

「悪い奴がいるねえ。気をつけなくちゃ」

という感想は持つが、

「何たる恥知らず！　それでも男か！」

とは思わないのだった。

我が国の男性の衰退はこのあたりから始まったように思う。かつて男とは「弱き者を守り敵と闘う」ものだった。それが男の「本分」だった。（「本分」とは①その人の守るべき本来の分限。②その人のつくすべき道徳上の義務。と広辞苑にあることを、「本分」という言葉を知らない若い読者のために加筆しておく）

以上のような感想を私が川上さんにぶつけると、川上さんは困惑のキワミという顔になって目をパチパチさせ、またしても、

「愛子さんは強いなァ」

というのであった。

「私のことじゃないのよ、男のことですよ、男の！　こういう男を川上さんはどう思うの？」

私はいき巻く。

「いや、それは……」

と口籠《ごも》りつつ、

「同情するねぇ……」

「誰に？　男にッ？　女にッ？」

「だからさ……両方にだよ」

「ホントは男にといいたいんでしょッ、川上さんッ！」

「マイったなァ……」

川上さんは疲れ果てたように呟くのだった。


あれもこれも懐かしい昔語りだ。「恥」「誇」「痩我慢」などという言葉は川上さんの辞書にはないのね、とよく私は攻撃したものだったが、それから三十年余り経った今は、それが普通になっている。あの時代は川上さんの方が珍しい存在だったのだが、今はこの私の方が珍奇になった。恥も誇も何もない、なくて当然。そんなもの何の役に立つか、という時代になり果てた。昨今、メディアを賑わせている大学生の話——中国の大学の文化祭で日本人学生が裸踊をしたことが、中国人学生たちの反発批判を買って反日デモにまで発展したという事件について、私は産経新聞でこんな寸評を見た。

「(前略) その寸劇はたしかに下品で愚劣なものだったが、しかしいってみれば宴会の余興である。性のモラル観や風俗観はそれぞれの国によって違う。それは尊重されなければならないが、反日デモや街頭行動を繰り出すほどのものなのかどうか。首をかしげる点がないでもない」

「いってみれば宴会の余興」? 宴会の余興を他国の文化祭でやっていいというのか。

「性のモラル観や風俗観はそれぞれの国によって違う」?

何をいってるんだ。日本人はニューギニヤの裸族ではない。成人男子は性器に筒をかぶせる風習のあるダニ族ではないのだ。日本にそんな風俗はないぞ。(とありし日の川上さんの顔を思い浮かべながらいう。川上さんに責任はないけれど)

この三人の愚か者は低俗テレビに毒されてウケ狙いのそんな演出を考え出した。多分ホクホク顔で。その浅はかさ、鈍感、想像力認識力の欠如、感性知性の低さ。それを平然と晒したことが醜態なのである。この三人は己れの恥を晒しただけでなく、日本の国の恥を晒したのだ。

中国人学生たちの反応は行き過ぎだという新聞の意見があります、とたまたま訪ねて来た人はいった。関係のない日本人学生が殴られて怪我をしたり部屋を荒らされたりしたのは、伝統的な反日感情があるためだろうが、それにしてもやり過ぎだという意見だそうだ。

なにがやり過ぎなものか。人間怒る時は大いに怒るのがいい。いや、怒るべきだ。「なんぼなんでも」とか「キモチはわからないじゃないが」なんていっているから性根は腐ったまま直らないのだ。もうこうなったら中国の学生に頼んで関係のない者まで殴ってもらい、反日デモでも何でもやって一度、袋叩きの目に遭わせてもらうよりしようがない。

今の若者風俗について顰蹙《ひんしゆく》している日本のおとなは多いが、顰蹙している暇があるならなぜ怒らない、叱らない！　「思いやりごっこ」もたいていにしろ。

そういって憤慨すると来訪者はいった。

「しかし、へたをすると逆にやられますからね！」

「その『やられる』というのは何ですか、殺されるという意味ですかッ?!」

「はあ、そういう場合も想定されますから」

想定ねェ。こういったらこうなる、だからやめとこう、黙っていよう、目を逸らそう、ということなのか？　（そういう点で川上さんは先達だったのだなァ）

数日前の新聞の投稿欄にこういうのがあった。コンビニの前で中学生のグループが坐り込んで菓子パンや飲み物を口にしている見苦しさを訴えている投稿である。概略はこうだ。

「育ち盛りだからすぐおなかがすくのだろう。しかし店の前にたむろしながら座り込んで飲食することは肯定できる行為ではない。彼らには物事の善し悪しを判断することを学んでもらいたい。おなかがすくのはよく分かる。食べるなとは言わない。でも場所をわきまえてほしいと思った」

この投稿者は五十四歳の女性塾講師である。見るに見かねての投稿であろう。だが大正昭和平成と生きてきたわたしはこういいたい。

「ハラが減っても我慢せよ！」

育ち盛りだからお腹は空くだろう、なんて思いやる必要はない。物事の善し悪しを判断することを学んでもらいたい、なんて高尚なことをいっても、このサルのような連中にわかるわけがないのだ。サルは欲望のままに行為する。発情するとメスは平気で赤い尻をオスにさしつける。超ミニスカートで半尻見せて駅の階段を上る女はサル並だ。退屈すれば出会い系サイトとやらで相手を求める。どこの何者ともしれない相手と簡単に性交して、殺されかけたりするに到ってはサル以下だ。

オスザルが喧嘩をする時はそれ相応の理由がある。メスを取り合う、あるいはボスの座を争う、食物を横取りされて怒ることもあるだろう。それぞれにわけがある。しかし当節の少年はわけもなく公園のベンチに寝ているホームレスのじいさんを襲うのだ。若い強そうなホームレスは襲わない。非力と睨んで襲う彼らはサル以下だ。

川上宗薫は好色な作家として知られていた。彼の小説は私小説の系譜を踏んでいたので、読者はその盛んな好色ぶりに驚いたり感心したり呆れ返ったりして、ついには雑誌出版社は「性豪」「色豪」をその名に冠するようになった。

しかし彼には「性豪」「色豪」は似合わない。どだい「豪」なんていう度胸の坐った重々しい人物ではなかった。彼の口説き文句は簡単明瞭、ただ、

「やろうよ」

「やらせろよ」

「やりたい」

の三つだけだったようだ。いやしくも性豪といわれる者がいうべき言葉ではない。私にいわせれば「色マメ」。つまり、色ごとにマメだった、というだけである。

ある時、私は川上さんに訊いた。

「川上さん、なんであなたは女と見れば手当り次第に手を出すの？　あなたに美意識というものはないの？」

すると彼はこう答えた。

「例えばね、ここにピーナツか何かの皿があるとするだろう？　べつに腹が減ってるわけじゃなくてもそこにあるのを見たらつい手を出して食ってしまうだろ？　食いたくなくてもさ。わかる？」

「うん、そういうことってあるわね」

「ソレなんだよ、ソレ」

川上さんはまた、こんなこともいっていた。

「やっと女の子を口説き落してさ、逢う日とホテルを決めたんだけど、気が進まないんだよ。けど約束しちゃったから行ったんだけど、いざとなったら女の気が変ってイヤだというんだ。どうしてなんだ、なぜイヤなんだ、ここまで来といて、っていいながら、オレはホッとしてたね」

「ホッとしながら、どうしてなんだ、なぜなんだ、って迫ってたの？」

「うん」

川上さんはいった。

「やっぱり一応はいわなくちゃね」

「で、どうしたの？　女の人は……」

「ごめんといって帰ったよ」

「でホッとしたの？　それとも急に惜しくなった？」

「実に複雑だったね。ホッとしながら気が抜けてたよ」

色道というものがあるとしたら、川上宗薫は「色道のわきまえある男」といってよいのではないか？

この頃、小学生の少女をかどわかす男が増えつつある。それを見るにつけ私は思わずにはいられない。

いやしくも男なら、堂々と成人女性に当れ！

私はそういいたい。なぜ彼らは子供を狙うというミミッチイことをするのか？　おそらくおとなの女に迫る自信がないのだろう。中学生が弱いホームレスを選んで殴りかかるように、成人男子は少女を狙う。男は衰弱しているのだ。精神力、男意識、心身ともに衰弱している。（この衰弱はもしかしたら女が強くなったことと反比例しているかもしれないが）しかし性欲だけは衰弱していないので、こういう悲劇を招くのだろう。

「では佐藤さんにとっては、今の若者はどれもダメ人間ばかりですか？　何の望みもありませんか」

と訊いた人がいる。

そんなことはない。丁度昨日、暴走族の少年たちが警察署だか交番だかを襲って卵を投げたという事件があったらしい。この事件はなかなか私の気に入った。権威権力に反発したくなるのはあるべき青春の姿だと思うからだ。特に「卵」というのがいい。

「それが気に入りました。今のところ彼らに望みを託します」

といったが相手は、

「ハーン、なるほど」

といっただけだった。何が「なるほど」だか。


（「オール讀物」十二月号）

山口瞳は面白くてコワいぞ

嵐山《あらしやま》光《こう》三《ざぶ》郎《ろう》（作家）

山口瞳は、いま読んでも古い。ということは三十年前に読んだときも古かったわけで、「古い」ところがコワいのである。ではなぜ山口本が、いままた若い人に読まれているかと考えると、若い人は「古い」ことへのアコガレがあるのだ。

二十九年前に書かれた『礼儀作法入門』（新潮文庫）がベストセラーになったことに関して「いまの時代は叱ってくれる先輩がいなくなったから」とまことしやかに説く人がおり、そりゃそういう部分もあるだろうけど、じつのところ、この本は、山口流「ドジなわたし」論であって、「失敗から学ぶ」ことに重心がある。巷間出まわっている自己啓発本とはまるで違う。

いまは世をあげてニューメディアの時代であって、やれインターネットだ電子メールだIT革命だのとさわがしく、技術革新がいちじるしい時代であるけれども、そのぶん、こころは荒廃している。若い人のみならず、リストラと不況にさらされ、中高年も自分の生き方がわからず、行き場を失っている。

現代人にとって重要なことは、ふたたび人間と人間の関係がつながるあたたかい社会である。

技術革新が進むほど、人は古いところへ戻りたくなる。そんなときに山口瞳の本に出会うと、「あ、これでよかったのだ」という自信が回復されるのである。

山口瞳は、「行儀とか礼儀作法というものは実体のないもの、むなしいもの、ソラゾラしいもの」と、まず規定してしまう。キマリを知ることは、礼儀作法における、ひとつの側面であるにすぎない。たとえば「風邪をひいたらすぐ会社を休め」と言う。風邪をこじらして長期欠勤すれば、かえって会社が迷惑するからだ。私も、わが社の者に同じことを言うが、それは「私に風邪をうつされたら困る」という自分本位の理由からだ。

礼儀作法について、山口瞳は「実は、私にも何もわかっていない」とまで書いている。これは無責任なようであるが、つづけて「品行は悪くても品性がよくなくてはいけない」と説いている。「無私の精神でいるときに礼儀作法は、その人間に湧いて出る」と。

なんだか禅問答のようであって、これだけではわかりにくいが、山口作品に出てくる人物はことごとく、品行に難があっても品性がよく、そのディテイルが心をうつのである。

ギャンブラーに関しての定義は「負けることに淫してしまった人」とするのが山口流である。プロの麻雀打ちからすれば、素人は「鴨《かも》」である。しかし、山口瞳にとっては「プロよりも若いサラリーマンのほうが怖い」のであって、若いサラリーマンの手づくりは読めない。さらにふみこんで、「紳士たるものはギャンブルに勝て」とまで明言している。乱暴きわまるダンディズムが山口流紳士の条件であって、詳しくは山口本を読んでいただくしかない。

山口瞳は原稿を書くのが厭で厭でたまらない。ハガキ一枚書くのも面倒という。これはおおかたの人がそうで、読者は「そうか、プロの山口瞳がそうならば、自分が筆不精なのは当然だ」とひとまず安心する。こった手紙はかえってマイナスになることがある。そこでいろいろの例を出したあげく、「一種の悟りをひらく」ようになった。それは、ヒトコトで言えば「自由に書けばよい」。自己流でやればいい。なーんだ、そんなことか、と思う人は、やってみるがよい。これがけっこう難しい。手書きのハガキや手紙は、三十年前から「古いもの」であって、昔は電話でもすんだし、ファックスもあるし、いまはメールが主流となった。従来のハガキや手紙にこだわる古さが山口流なのである。

山口瞳が理想とする学校は寺子屋である。生徒をひとりの人間としてその全体をとらえて、才能をひき出してやることが教育だ、と信じている。

先日、御子息の山口正介氏と対談をしたときに「オヤジは離婚を認めないんですよ。離婚した人が新しい妻を連れてくると、前の奥様の名を呼んだりする」と聞いて、これにはびっくりした。離婚は法律上認められていることで、「認めない」と言われたほうが困る。これは山口流偏見のひとつで、「ひとたび結婚した夫婦は、あらゆる困難をのりこえて離婚してはならぬ」というかたくなな倫理観である。偏屈で古い。苔むすほど古いけれども、そこには「人のこころを信じる」という意地がある。頑迷固陋《がんめいころう》である。

でありながら、山口式はかぎりなくモダーンでもあるのだ。ネクタイの選び方ひとつをとってもしゃれている。直木賞を受賞したころは、タートルネックのシャツを着て、そりゃ、流行の先端をいっていた。山口式は自分の好みに厳密であって、たとえば、醤油会社のマークが入ったままで醤油を使うことを嫌い、水さしや磁器製の醤油さしに入れかえる。ソース入れもしかり。ドイツやスイス製のヨーロッパの食器を好む。箸のあげおろしの一刻一刻が人生だという。ネクタイは前衛風を好む。ワイシャツは白の羽二重《はぶたえ》。ナイロンの靴下ははかない。白の靴下もダメ。縞柄のパンツもだめ。

山口瞳は「女はこわい。とくに美人がこわい。その女が三十歳にちかづいて焦ってくるといよいよこわい」と白状しているけれども、そのくせ不器量な女が嫌いであって、晩年には、わが町国立《くにたち》でも「国立三美人」なるものを決めていた。そのへんは、なにがなんだかわからない。「男性自身」シリーズを通読してみると、章によって、言っていることがまるで違っている。これが山口瞳であって、山口ファンは、そこのあたりの「虫のいどころ」を楽しんでいる。『徒然草』を書いた兼好法師もそれは同じであるから、昭和版兼好法師といった趣きもある。言っていることの整合性なんて、どうだっていいのだ。

「朝令暮改」という言い方があるが、私なんざ「一時間前暮改」であって、一時間で言うことが違ってしまう。状況と気分によって人の意志は変るものなのだ。そのアブナイすれすれのところに球を投げるのが山口瞳は抜群にうまい。だから読むとスカッとする。

山口瞳は「負け組」応援団で、負けてこそ人生の愉しみがあるという。等身大の自分を語る。日常茶飯のちょっとしたところに視点がいく。失敗から学ぶ。ひとことで言えば、オヤジの心理である。オヤジってのはつらいのだ。

山口瞳はソロバンができない。カメラを使えない。ヒューズが飛んでも直せない。一人で家にいて停電になったときは、妻が帰ってくるまで暗闇で待っている。ガスの点火ができない。列車の時刻表がわからない。走れない。泳げない。口笛が吹けない。片目をつぶることができない。逆立ちができない。およそ人の顔を憶えない。名前も憶えない。よくこれで生きていられると感心するほど、なにもできない人なのである。で、好き嫌いだけは、はっきりしている。

山口瞳が好きなものをいくつかあげると、①山間の小駅、②山の中の人工湖とその脇の釣堀、③農家の庭先、④田舎の小中学校の下駄箱、⑤野球場外野席、⑥ローカル線に乗っている巡業中のストリッパー、⑦夏の終り、咲き残っているアジサイ、ポンポンダリア、⑧薬の試供品、⑨秋草、などである。

嫌いなものは、①話の腰を折る人、②一座の中心になりたがる人、③「あたし、わかる？　あててみてよ」と電話をかけてくる人、④蛍光灯、⑤舟にのって出てくる刺身盛合せ、⑥大正製薬の「ファイト！　一発」というCF、⑦民芸調というやつ、⑧スポーツマンのガッツポーズ、⑨テレビの芸能レポーター。

わからないものは、①自動車の助手席。なぜ「助手」なのかがわからない、②社会正義をふりかざす新聞社、③ゴルフの優勝トロフィーのデザイン、④野外彫刻、⑤書物を初版本で揃えようという人、⑥暴力団員の射撃練習、⑦日本の自動車の評判、⑧付き人と付け人の違い、⑨不倫の恋、などである。

これにて、おおよその山口瞳像は想像できるであろうが、じつのところは、わからないのである。その虚実皮膜に山口瞳ワールドがひそんでおり、だから山口本を読むと、面白くて、コワくてやめられなくなる。

私が国立に住んでよかったなあ、と思うのは山口瞳さんが住んでおられることであった。山口さんは無名の人をスターにしてしまうプロデューサー的感覚がある。国立という東京のはずれの小さな町には、植木屋、焼き鳥屋、喫茶店、画廊、寿司屋と、どこの町にでもいる人がいる。山口さんは職人や板前や市井の人たちを大切にした。晩年は国立の話ばかりを書いておられたけれども、それは日本のどこの町でも同じような人がいる、ということなのだ。自然体で、肩ひじはらずに、自分流に実直に生きていくことが、いかにすばらしいか。でも、それは難しいことでもあって、みんな一生懸命生きている。その一点を山口さんはじっと見ていた。

山口さんは酒場が好きで、酒に関する話をいくつも書いている。そのなかにこういう一節がある。

「別にマダムに惚れたわけでもなく、酒がうまいのでもないが、手軽で便利なので通っている酒場がある。マダムも従業員も狎《な》れてきて、ちょっと私に対する扱いがゾンザイになってきている。『ははあ、もうこのへんが汐時だな』と思いながら飲んでいる。そのへんの間《あわい》といったものが、これも捨てがたい」

コワいでしょう。ここにある酒場とは、人間とのつきあいでもあり、だれでも、これと同じ気分を体験したことがあるだろう。ということは、自分がそう思われることも、自分で気がつかずにしているのである。「これも捨てがたい」とするところに凄みがきいている。


（「文藝春秋」十二月臨時増刊号）

齢をとるほどに桜に近づく

赤瀬川原平《あかせがわげんぺい》（作家・画家）

季節がめぐって花を見る楽しみというのは、梅、菊、菖蒲、牡丹などいろいろあるが、桜はやはり別格である。ふつうお花見といえば、その花は桜のことをいうわけで、そのお花見には酒と弁当がつきものである。

じつはこの酒と弁当というのが重要で、梅の場合は酒を飲むには寒すぎる。浮世絵にあるように、お供の者がお燗《かん》した酒の徳利を持ってついてきてくれればまだしも、いまの世の中でそんなことはムリだ。

寒いとか暑いだけでなく、花の気分というのもある。菊を見ながら酒といっても、何だか飲む前から醒めている感じだし、牡丹とか菖蒲といっても、花は見事ですねえ、でも酒はまあ別の所で、ということになりそうだ。

やはりホロ酔い気分のお花見となると、その花は桜に限る。昔からそう決っているわけで、決っていなくても、満開の桜を見るとその下で酒の一滴でも飲みたくなってくる。不思議なものだ。

でもこれはある程度齢《とし》のいった者の意見ではないだろうか。若いころはお花見なんてしようとも思わなかった。ぼくの場合。

貧しかったこともある。ぼくでなくても、昔の若者は貧しくて余裕がなかった。お花見をする時間があるなら、もっと何か仕事をしたり、運動をしたり、何か深刻に考えたりしていたかった。お花見なんて、そんな天下泰平なことをしていられないよ、という気持だった。時代のせいもあるのかな。

いや時代もあるが、やはり年齢だと思う。お花見なんて、若者にはムリなんじゃなかろうか。若者には未来が見えていない。だから必要以上に悩んだり、怒ったりして、お花見どころではない。でも年寄には未来が見えている。未来も結局は現在なんだということを知っている。齢をとればとるほど未来がはっきり見えてきて、つまりこの世の出口が手探りながら漠然とわかってきて、そうすると現在の価値というものが、日増しに増して、いま咲いている満開の桜を放置していられなくなるのではないか。満開の桜を見殺しにはできなくなるのではないか。

いちど吉野の桜を見に行ったことがあるが、そのときつくづくそう思った。桜というのは繊細で、微妙で、地味で、自分から近寄らない限り見えないものじゃないかと。自分から近寄るということは、じつは齢をとっていくことで、齢をとるほどに、繊細で、微妙で、地味なものに近寄っていく。

それまでにも齢をとりはじめて、お花見をはじめていた。中年に足を踏み入れたころだ。でも考えてみたらそれは近所の公園の桜で、つまり都会の桜で、その種類はほとんどが染井吉野だった。江戸後期のころに染井の植木職人が掛け合わせて創り出した種類で、桜の花だけがまず咲く。

満開になり、散りはじめてから青い葉が出てきて、そうなると、もう葉桜になってしまったといって、人々の足が遠のく。

　だから満開のときは混じり気のない花だけの桜で、それでもひらひらと散りそうな桜にしびれて、お花見をはじめていたのだ。毎年お花見の場所をあちこち変えて楽しんではいたのだが、しかし奈良の吉野の山桜ということを古《いにしえ》からの話で聞くわけで、都会のお花見をしながら齢をとって、未来もかなり見えてきて、ひとつ吉野の桜を見に行こうと、行ってみたのだった。

　バスで吉野の山の上の方まで行って、ゆらゆらと散歩しながら下ってきたのだけど、都会の桜を見ていた目には、どうにも地味で、吉野の桜って、それほどでもないな、と思った。それほどの「それ」とは、たぶん混じり気のない桜の強さのことで、だからその弱さにちょっとがっかりしていたのだ。

　ところがそれは結論ではなく、ゆらゆらと道を曲がるたびに景色が変り、景色に混じり咲く桜を見ながら、麓に下りてくるころにはまるで想いが変っていた。都会の混じり気のない桜に比べて、この山の山桜は地味なものだけど、その地味具合に圧倒されていた。地味だから「圧倒」という言葉はふさわしくないのだけど、何といえばいいのだろうか。とにかく大きいのだ。東京の、公園の、染井吉野の桜に比べて、この山の山桜は柔らかい。あらためて、東京の桜は少々人工的だなと思った。山桜は葉っぱと混じって咲いて、桜の花の純度は低いけど、その低さがいい。混じり桜だから地味だけど。その地味のなかに桜が濃密に溶け込んでいる。とにかく鷹揚である。

　この山を下る間に、一段と齢をとったのかもしれないと思った。濃密に齢をとったのかもしれない。吉野の山は、黙っているけど、老人力の山じゃないのか。

別に神格化するつもりはない。まあ東京の公園の染井吉野の桜でも、桜は好きだ。混じり気のない花だけの桜、というコンセプトは人工的だけど、でも都会の桜の場合は酔っ払いやその他の混じり気がある。花は純粋志向で固いけど、混じるはずの葉っぱの代りを、酔っ払いやその他の都市の夾雑物が担っている。

東京の上野公園でのお花見もしたことがある。あそこはお花見の雑踏のいちばん凄いところで、場所取りも大変だったが、とにかく一角に割り込んでだんだん酔いも回り、その時はさらに人工的な夜桜であったが、宴席の敷物の外には飲み干した一升ビンやビールビンが討ち死にしたみたいに、ばらばらと横倒しに並んでいく。そうするとそれをヨソのオバさんが、そうっと一本、また一本と、拾い上げていく。はじめは誰だろう、公園の管理のオバさん？　とか思っていたけど、そんなことはない。空ビンを回収して小銭を稼ぐ、そういうオバさんらしい。いやオジさんだったかもしれない。なるほどと、そんなことをぼんやり考えながら、これもある種の山桜だと思った。都会にも山桜は咲いている。吉野の山桜とはちょっと違うけど。

ひらひらと散りはじめた満開の桜の下で、ホロ酔いを楽しむ。酒を飲まぬ人でも、桜にはホロ酔いの要素があるわけで、それにみんな、ぼくも含めて、どうして引かれるのだろうか。

以前そんなことを考えながら、そういえば日本には、似たものに雪見酒があるなと思った。白く降り積っていく雪を見ながら、ちびちびと燗の酒を楽しむ。もちろんその場合は雪見障子の内側で、体は暖まりながらである。あれには外の寒気を思うことで、内の暖かいしあわせを倍に感じる、という効果もあるのだろう。

でも桜と雪と、全面真っ白に輝くあの感じは似ているのである。

桜は春だけど、あれは春にくい込んできた雪ではないのか。しんしんと降り積ってすべてをフリーズして閉じ込めてしまう雪と、似たようなものが、さあこれからという季節の春にあらわれる。そこに何か感じ入るものがあるのではないか。その感じに舞い上がって、この世の終りが春にはじまるみたいな、そういうスペクタクルのお花見にひたるのではないか。

そんなものを、桜は急には見せてはくれない。まあ見たところ、桜は春に咲くというだけのことである。それがしかし齢をとると、ゆっくりと桜に近寄って行くことになり、そうするとふと、散りゆく桜の花びらが雪に変り、それが染井吉野だったりしたら、全山雪山の真っ白である。草木もミミズもみんな下に沈んで、純白あるのみ。

昔から満開の桜に死のイメージがいろいろと重ねられているけど、それはそういうことかもしれないと思うのである。


（「文藝春秋」三月臨時増刊号）

チラシ

張《ちょう》　令《れい》學《がく》
（元土木建築技師）

日本のペンフレンドから送り届けられたヴィデオテープを包装した、色彩鮮やかなバーゲンセールの広告（チラシ）を眺めながら、此れほどまでにカナ文字に満ち溢れた現代の日本語に少なからず興味を唆《そそ》られた。

漢字は字自身が意味を持つ。お隣の漢字の国では多数の方言がある。その異なる発音で読まれる同じ漢字は、無論同じ意味を持つ、だから、いざと言う時は同国人同士でも字を書いて「筆談」をする。同じく漢字を使用する日本人も、その国の人を相手に「筆談」するが、同じ様に見える漢字でも、二つの国では時に違う意味もあるから要注意。例えば日本語の「汽車」は、あちら様の「自動車」に当たる、ならあちら様の汽車は日本語の自動車か、と早合点してはいけない。その国の「金玉《キンギヨク》」は宝物の「金銀財宝」で、縁起を担ぐ為に良くお正月に「金玉満堂」と赤紙に大書して、扉に貼り付けてあるのを見かける。粗忽な日本人は良く玉《ギヨク》をタマと読み違え、変な方面に解釈して、時にとんでもない誤解を招いて恥をかく。漢字の国民に通じない和製漢字もある。素顔、素敵から冗談はれっきとした漢字、でもお隣の国の人にはチンプンカンプンだ。しかし堂々とその国の言葉に仲間入りした日本の漢字もあるから愉快だ。食べ物を例に挙げれば、弁当、寿司、それに刺身などで、初めてその国の人の経営する日本料理屋の暖簾《のれん》をくぐり、その国の言葉で、「今天的スーシン特別新鮮」（今日の刺身は特別に新鮮だ）と言われたから「何だスーシンとは」と字を見て「刺身か」と気が付いた。見ると、そこの板前さんは日本人ではないので驚いた。さほど驚く必要も無かろう、丁稚小僧から永年の修業でやっと一人前になり、暖簾分けして独立するのは昔の話、何でもインスタントの昨今、速成科と称する便利な講習所が林立し、短期間で寿司握りの秘訣を伝授するから、此処南カリフォーニヤのロスアンゼルス周辺では、非法越境してきたメキシコ人達が、大きい顔をして大勢で速成の板前さんをやっている、と聞いて仰天した。

カナは発音記号に過ぎない。「カメ」と書いても「亀」か「甕」、もしや「噛め」と疑う。日本語の様に漢字とカナを組み合わせた言語は、人類の一大発明と何処かで読んだ。日本語のカナは全部で五十一音ある、でもより複雑な北京語は三十七個の発音記号で結構間に合う。同じ発音でも音の高揚やアクセント等の四声で違う四つの文字になるからだ。母語で自然に覚えた私の台湾語は八声もあるから、外国語として初めて習う人は、さぞ当惑するだろう。漢字とカナの組み合わせが一大発明なら、同じ発音を四声や八声でもって違う字を表現するのも、負けずに一大発明だと言える。

カナでも漢字でも無いのに、発音だけで世界語になった日本語もある。Ｂａｎｚａｉ（万歳）を英語の辞典で調べたら「（日本語）挨拶、鬨の声、一万年も末永くを祝う」とあった。「カラオケ」も新しい英語辞典に編入されているはずだ。因《ちな》みに「カラオケ」は此処の米国人の発音では「キャラオキ」と聞こえるから不思議だ。同じく、車の本田はホンダではなく「ハンダ」で、本田さんから「うちの車はハンダ付けじゃ無いぞ」と叱られる。世界一のカメラのニコンは「ナイコン」で「大根」と聞き違えるから可笑《おか》しい、でも天下のソニーは此処でも依然として「ソニー」で頼もしい。

終戦で未成年のまま日本籍を返上して、一度も着物の袖に手を通した覚えが無いが、着物を着けると、財布は懐に入れるとか衿に忍ばせるのは当たり前だが、背広やズボンにはそんな物が無い替りに「ポケット」と言う便利なものがある。「ポケット」も「ボタン」も外来品で、発音をカナにしただけの代物だが、外来語の起源は必ずしも英語とは限らない。トーストにする日常の「食パン」の「パン」はてっきり英語と思い、米国人に「パンが食べたい」と言ったら、キョトンとして目をパチパチ、「パン」は英語で「フライパン」の様な底平の「鍋」を指すから無理も無い。

カナの無い漢字の国では「トマト」を「蕃茄」と意訳する、野蛮人の「茄子」だからだ。「キュウリ」はペルシャ（胡の国）から来た瓜だから「胡瓜」とする。「胡椒」も同じ要領で意訳された。カリフォーニヤの風景優美な（Ｙｏｓｅｍｉｔｅ）国立公園は「優山美地」と巧く漢字で当て字され、その名前を読むだけで、直ちに美しい景色を目に浮かばせる。それに比べて日本語の音訳が「ヨセミテ」では蠟を嚙む思いで、一向に味け無い。

日本語の長い漢字の名前は、戦前から良く四つ文字のカナで呼ばれた。喜劇俳優の「エノケン」や明治天皇を演じた「アラカン」は呂律の所為《せい》か、快く耳に響く。戦後の新しいカナ言葉も遠慮会釈無く切り詰められた。「パーソナル・コンピューター」が「パソコン」で一太郎のような「ワード・プロセッサー」は「ワープロ」になった。女性用のパンツとストッキングをつなぎ合わせた奴を「パンスト」にしたのは傑作で、本名の「パンティホース」よりもピンと来るから感心した。会社が再編成で、縮小すれば「クビ」になるから、再編成の英語「リストラクチャ」の「リストラ」を取り、「クビ」になる言い回しは至極巧妙だ。

米国に長年移民した、昭和一桁世代の私は、新しいカナ文字との出会いで、何時も頭を掻く。現代の日本語にある沢山のカナ文字には「成る程」と肯けるのもあれば、「如何にして此れまで無理して迄カナ」と疑うのもある、だが、時たま出会う傑作には、思わず膝を打つから不思議だ。和式旅館ではない新宿の「パークホテル」を「ホテル」と呼ぶのは解る、でも何から何でもカナにするのも考え物だ。それともカナ文字を使用しないと、他人から時代遅れと思われるのが嫌か。「羽毛コタツ布団、取り扱いカンタン」の炬燵も簡単も何時の間にかカナになった。同じく、風呂用品のイス、オケもスノコも皆揃ってカナだから敵《カナ》わない。商品を「有名な銘柄」と言わずに「有名ブランド」としたのは、舶来品と仄めかす為か。「マタニティ、フリース、スタンドカラー、ジャンパースカート」を戦前の日本語でなら、さぞかし「妊婦用羊毛立襟の長着」になるかな。「モダン」な「(そでなしの)上着とつながっているスカート」を漢字にしたら古臭い大正時代の「長着」になって台無しだ。なら「アウターにひびきにくいシームレスカップ入りで、パット入りの婦人3/4カップワイヤーブラジャー」のカナをどう解くか、と問われれば、流石《さすが》の我輩も目玉を白黒させて「参った」と潔く兜を脱ぐ。

（「濤聲」第十二号）

ニューヨーカーは何を食べてる?

廣《ひろ》淵《ぶち》升《ます》彦《ひこ》
(共栄大学教授)

愉快な先輩がいた。ロンドン、ニューヨーク、カイロ、サイゴン(現ホーチミン)、北京、リヤド、ソウルなど世界を股にかけて取材した新聞記者で、パリの高級レストランでも、アジアの裏町の屋台でも、まったく変わらぬ態度で酒を飲み、料理を味わっていた。店の格式や名声にはいっさいこだわらなかった。人間に対しても同じで、出身校や親の職業などには興味がなく、能力と人柄だけで人物を判断した。

この人がかつて語ったことがある。

「街がどのくらい活気があるかは、交差点を渡るイヌのスピードで分かる」というのだ。

交通がはげしく、人がいそがしげに歩く街路では、犬もうかうかしているとひき殺されかねない。当然左右に抜け目なく目を配り、さっさと信号を渡ってしまう。逆に車も人ものんびりと動いている街では、犬も悠然と信号を横切ってゆくという。人間について予断や偏見を抱かない人だから、犬についての認識も正確なのだろうと思った。

「で、イヌがいちばんいそがしく歩く街はどこですか?」

と私は聞いた。

「やっぱり東京の銀座あたりやろなあ」と彼は言った。

「その次は？」

「ニューヨークの五番街あたりかなあ？」

日本の経済が隆々として栄え、それこそアメリカを呑み込みかねない勢いを示していたころのことである。じつに新鮮で面白い話だった。まさかこの人がストップウォッチで犬の歩行スピードを測っていたとは思えないし、この説にどのくらい統計的裏づけがあるかは知らない。しかしなんとなくうなずける話である。

ま、細かいことはどうでもよい。人間はかなりアバウトに生きている。こういう話というのは、聞くほうが「うーん、そうかも知れないなあ」と思えばそれでいいのだ。私のように、他人の意見に左右されやすい人間は、たちまちこういう新説（？）に影響されてしまう。そこで停まればいいのだが、これをまた人に語って聞かせようというのだからタチ（？）がわるい。

さて、この基準で街の活気をはかった場合、東京の犬はもはや世界の最高速度で歩いてはいない気がする。「いや、歩いている」という人がいるかも知れない。しかし、こうした話というのは感覚の領域であり、科学（？）の領域ではないのだ。ここ十余年つづく大不況の中で、日本の犬たちのスピードは明らかに落ちているように思う。

ではどこの犬がいちばん速く歩いているのか？　暇と金のある人にはぜひ調査してもらいたい

ものだが、やはりここはニューヨークだろう。なんといっても世界の富、情報、野心、可能性、希望がこれほど密集している都市はない。もちろん文化の層も厚い。いくら近ごろの上海の勢いがすごいといっても、都市としての厚みが違い、ビジネスセンターとしての歴史も信用の度合いも比べ物にならない。そういうことを犬は動物的勘（？）で察知するはずである。

私がはじめてニューヨークを訪れたのは、もうずいぶん昔のことで、テレビ局の特派員としてこの街に住むためだった。摩天楼の写真は事前にふんだんに見ていたし、映画でもニュースでも見ていた。しかし実際に街を歩いてみるのと映像で見るのでは大違いだった。

ロックフェラーセンターを中心に、ミッドタウンを徹底的に歩いた。

「よくもまあこんなに高層ビルばかり建てられたものだ」とあきれ感心した。日本にはまだ霞ヶ関ビルさえ出来ていない時代である。

五十階以上のしゃれたビル群が整然と並んでいる様は壮観だった。まさにニューヨークは石の街だった。これを私は「意志の町」と置き換えて楽しんでいた。これだけのビルがひしめくということは、オフィスの借り手があるということだ。ということは、この街でビジネスをしようという人間がそれだけいるということである。いったいそれが何万人いるのか見当もつかなかった。あの圧倒的な量感の中にいると、ここで仕事をしようという人間の熱気というか、強靱《きょうじん》な意志というものを、いやでも感じずにはいられなかった。

アメリカを揺るがしたあの九月十一日のテロから半年も経たない二〇〇二年の二月に、私は久しぶりにニューヨークを訪れた。自分が担当している「マスコミュニケーション論」の内容を最新のものにするためである。ベトナム戦争をはじめとするいくつかの挫折を味わった人々は、以前よりも心に翳《かげ》を持つようになり、傷つきやすくなっていた。強気一点張りの直線的な人々の数は減り、繊細さの度合いがふえている感じだった。放送局の幹部たちが語る内容も、世界を見据え、ずいぶん洗練されてきたように思えた。しかし全体をとおして、ビジネスへの意志と未来への確信の度合いは、いささかもゆらいではいなかった。

日本が元気をなくしているいま、ニューヨークの元気の秘密を探らない手はないと思う。

ニューヨーカーたちはなぜそんなに元気なのか？　もっと端的に言って、彼らは何を食べて生きているのか？

だれの目にも入るのは、プレッツェルというねじれた固いパン、ユダヤ系の人々が好むベーグル、ハンバーガー、グランドセントラル駅のオイスター料理、ニューイングランド風クラムチャウダー、それに有名なニューヨークカットのステーキといったところだろう。

これらの食べ物には、それぞれ長い歴史があり、人々の郷愁も人生の哀歓もこもごも溶け込んでいる。それを辿るだけでも、アメリカ人の精神的エネルギーのかなりの部分が分かるはずだ。それらについてもいずれ書きたいと思う。だが今回はちょっとなじみの薄い食べ物のことを語りたい。それは「ヒーロー」という食べ物である。

世界の人種の見本市みたいな街ニューヨークには、ギリシャ系市民もけっこう多く住んでいる。この人々が作っているのがヒーローなのだ。フランスパンよりも短く太いパンの腹を割《さ》いて、そこに肉や野菜をはさみ込んだもので、これがけっこう安くて旨いのである。店で食べるよりもテイクアウト用の軽食としての人気が高い。なぜヒーロー（英雄）という名前がついているのか。以下は私の聞きかじった話である。

一般のアメリカ人はギリシャといえば神話や叙事詩に登場する英雄たちを連想するらしい。怪力無双のヘラクレス、半人半牛の怪物ミノタウルを退治したテーセウス、美女アンドロメダを救出するペルセウス、トロイ戦争でくるぶしに矢を射られて戦死するアキレウス、同じ戦争で木馬の計を考え出したオデッセウスなど、子供のころから親しんだヒーローは数知れない。そこでギリシャ人移民たちは、最も庶民的なこの食べ物をヒーローと名付けた。本場のギリシャでは、これは「ギーロー」と呼ばれている。ギーローでは通りが悪くなじみも薄いということから、似た音を用いて英雄たちとの連想を重ね合わせ「ヒーロー」という食べ物が誕生したそうだ。

ギリシャ人もイタリア人もユダヤ人も中国人も、これら少数民族は、まず外食産業に進出した。これがずいぶんおくれてアメリカにやってきた。アングロサクソンやゲルマン系の人々よりは競争のはげしい新世界で生き延びる最も確実な道であった。あのシンプルなサンドイッチには、ギリシャ移民の苦闘の歴史、汗と涙が刻み込まれているのである。

いくつもの民族がアメリカに持ち込み、やがて確固とした国民文化として育ったものは数多い。アングロサクソンが持ち込んだフェアプレイの精神、ユーモアのセンス、自由、独立心、勤労を尊ぶ気風といった価値もそうであった。

そうした価値ある精神の巨大な水脈の一つは、いうまでもなく古代ギリシャ文明だった。ギリシャ文明はユダヤ・キリスト教文明と肩を並べ、時にはそれを上回るくらいの影響力を持っている。アメリカ人の心の底に流れる、ギリシャへの憧れと関心はただものではない。裁判所や市庁舎、銀行などの建築には古代ギリシャそのものの様式が用いられている。

さらに影響がいちじるしいのは地名である。ニューヨーク市からだいぶ北にはホメロスの叙事詩『イリアッド』で名高い「トロイ」がある。ギリシャ移民たちが偉大な祖先への誇りを込めて付けた名前だという。さらにオンタリオ湖の近くには「イサカ」(Ithaca) もある。はじめて車でここを通りかかって、イサカという標識を目にしたときの驚きと感動を、私は忘れることはできない。これこそはかのトロイを木馬の計で滅ぼしたオデッセウスの王国の名前「イタカ」そのものではないか！　彼はトロイの陥落後、海神ポセイドンの怒りにあって地中海の各地を十年も彷徨《ほうこう》した。その間故国のイタカでは、妻のペネロペに求婚する男たちがひしめいていた。そうしたホメロスの世界が、二千数百年の時を超えて、現代のアメリカにそのまま生きているのである。

もしアメリカがヘブライ的一神教文明だけの国だったら、内に対しても外に対してももっと危なっかしい存在なのではないか。第一ここまで発展はしなかったろう。多数の神々が人間と交わり、人々が徹底して合理的に物を考えた古代ギリシャ・ローマ文明の要素が加わることで、この国はよりバランスを保っていられるように私には見える。

ヒーローがギリシャ的なるもののシンボルだとまでは言わないが、ニューヨーカーたちはさらに「希望」という名の食べ物を食べて生きている気がすると申し添えたい。未来への希望があれば、犬はともかく、人は元気になるにきまっている。

とにかくここでは希望と夢の質とスケールが違うのだ。早い話がアメリカでビジネスに成功すれば、いつの日にかヤンキースのオーナーになれる可能性がある。しかし日本ではこんなことは不可能である。球団を買収するような大金持ちは、いまの税制下では生まれそうもない。もっと有意義な夢のために大金を稼ぎそれを使った例としては、トロイの都を発掘したドイツ人ハインリッヒ・シュリーマンがいる。彼は『イリアッド』のトロイ戦争の描写があまりにも真に迫っているのに感銘を受け、これがフィクションであるわけがないと信じた。そしてこの伝説の都の発掘に生涯をかけた。発掘を可能にした資金の多くが、ゴールドラッシュに沸き返るアメリカで得たものだった。

ま、こんなややこしい話はともかく、どなたかヒーローを売り出す人はいないだろうか。日本でも意外なヒット商品になりそうな気がするのだが。

（「ＦｏｏｄＢｉｚ」十一月号）

代々木公園の桜吹雪

遠《えん》藤《どう》順《じゅん》子《こ》
（故遠藤周作氏夫人・円ブリオ基金理事長）

多くの日本人がそうであるように、主人も毎年花見をすることでその年の春を見届けたいという願望の強い人でした。どういうわけか吉野の桜はいつも微妙にタイミングがずれていましたが、京都の桜の名所は殆《ほとん》ど尋ね歩いていますし、海津大崎の桜が見事ときけば、鞍馬《くらま》から朽木《くつき》街道をへて海津まで見に行くほど桜には執心がありました。東京ではまず第一番に行くのは千鳥ケ淵の桜でした。主人ぐらいの年代の人間にとって千鳥ケ淵は単なる花見の場所であろう筈はなく、花を見ている主人の表情からは、散って行かれた方々への深い思いがいつも感じられました。それだけに「オイ！　代々木公園に桜を見に行かないか？」と言われた時にはびっくりしました。代々木公園の近くに仕事場を構えてから十三年になっていましたが、代々木公園の桜が見事という話はついぞ聞いた事がありませんでした。

第一、主人の仕事場に私が長居をすることなぞ滅多になく、代々木公園の中を主人と歩くのも無論この日がはじめてでした。二人でオリンピック選手村近くの入口から入って急な坂を登って行きました。登りつめればあとは原宿駅近くに出るまで広々とした森林公園です。代々木公園にはこんなに桜の樹があったのかと自分の認識不足にまず驚きました。種類も様々です。桜吹雪とはよく形容したものと感心するほど、本物の吹雪のように絶え間なく桜の花びらが散っていました。森の中央に置かれたベンチへ座ったまま、音もなく雪のように降りしきる桜吹雪を眺めながら、二人はしばし忘我の時を過していました。二、三十分経ったでしょうか。主人が「俺もう帰るぞ」と申して立ち上りました。いつまで見ていても眺めつきせぬ風景でしたが、私も腰をあげました。私はそのあと文京区の千石まで行く用事がありました。原宿から代々木公園を二分して深町の方へ下る、大きな坂道へ出る主人とは、森の中で右と左に別れねばなりません。主人が右側の小径《こみち》を辿り出した時でした。一段と桜吹雪がはげしくなり、見送っている私の目の前で主人の姿はすっぽりと桜の幕の中に消えてしまいました。「主人が死んじゃうとは、つまりこういう事なんだ」突然襲って来たこの思いと共に涙がとめどなく溢れて来てしまい、私は幼女の様に声を立て泣いていました。夕暮れになって帰宅してからも、その日の午後に味わった悲しみを一人で持ちこたえることが出来ず、あろうことか私は直接主人にその話をしてしまいました。主人はじっと聞いていましたが、やがて「一茶の句に——死に支度いたせいたせと桜かな——という句があるんだ、辞世に詠《よ》んだ三句の一つだ」と呟《つぶや》くように申しました。

思えばあの日以来、私もいつかはこの様な別れの日が来ることを、無意識のうちに心のどこかで覚悟をしていたのかも知れません。

（「文藝春秋」三月臨時増刊号）

バイリンガルのすすめ

陳《ちん》舜《しゅん》臣《しん》
（作家）

チンギス・ハーンは出頭した耶律楚材に、

「わしはおまえたち契丹族のために金を亡ぼして仇を討ってやった。ありがたくおもえ」

と言った。耶律氏は契丹の皇族で、金に亡ぼされたあと、降って金に仕えていた。

「おそれながら臣の父祖は、一身をささげて金に事《つか》えて参りました。いったん臣となったのに、どうして君に讐をなすことができましょうや」

これが耶律楚材の答えであった。

征服者に口答えしたことになる。だが、チンギス・ハーンは、耶律楚材のこの発言が気に入って、彼を幕僚に加えた。

小説『耶律楚材』をかいたとき、私は史料にない一段をつけ加えた。それは彼がモンゴル語を習っていたというくだりである。そうしなければ、彼はチンギス・ハーンとじかに話を交すことができない。じっさいには耶律楚材はその母語である契丹のことばさえ知らなかった。右のやりとりは通訳を介してである。彼はモンゴル軍に従って西征したとき、サマルカンドあたりにいた契丹人から、自分の母語である契丹語を習っている。いまこの世界に、母語を忘れたり、はじめから母語を知らない人がどれほど多いことか。

耶律楚材はモンゴルに仕えたあと、モンゴル語、契丹語、そしておそらく色目人が使っていたペルシア語を習ったにちがいない。彼のおびただしい著作は、いうまでもなく漢語で書かれている。彼はすぐれたバイリンガルであったのだ。

二十年ほど前、韓国、香港、シンガポール、台湾が、驚異的な勢いで経済発展をとげていた。多くの人がその謎に挑戦し、儒教までもちだして論じられた。だが、この四地域がかつて植民地で、バイリンガルであったというのが最も説得力があった。そのころ、韓国と台湾ではまだ日本語世代が現役だったのだ。香港とシンガポールは、それぞれの母語と英語のバイリンガルである。

そういえば、明治の日本の興隆期、バイリンガル現象があった。私は新聞小説で孫文と宮崎滔天、犬養毅たち日本の友人たちとの交わりをえがいたが、彼らは通訳を介することなく、筆談することが多かった。

日本の漢詩文は、じつは明治時代に最盛期を迎えていた。明治以前にくらべて、質量ともに向上し、印刷の進歩がそれに拍車をかけたのである。当時の知識階級の漢文力は、きわめて高かった。だが、年号が大正と変わったころに大変動がおこった。突然、日本の漢詩文が凋落したのである。日本の新聞の紙面から漢詩の投稿欄が完全に消えたのは大正になってからであった。おそらく正岡子規や夏目漱石あたりが最後の日本の漢詩人であろう。

大正デモクラシーの風潮が、この漢詩文の文化を隅へ押しやり、それがせっかく明治期に栄えたバイリンガル的雰囲気を萎縮させたのではあるまいか。

二つの言語を併用することは、世界がひろがることだが、また他を思いやることではあるまいか。明治の将軍は降伏した敵将ステッセルに佩剣を赦し、昭和の将軍は「イエスかノーか？」と降将に迫った。

本誌の本欄（一九八六年一月号）に、私は『林則徐と語学』と題する一文を寄せたことがある。このアヘン戦争の英雄は、福建福州の近くの莆田県が原籍である。福州から車で一時間ほどだが、福州のことばが全く通じない。莆田からさらに一時間で泉州だが、そこのことばともちがう。莆田の人は生きるためには、ほかの言語を習ってバイリンガルにならねばならない。林則徐のような人物の出る条件ではあるまいかと私は論じたのだ。

莆田のほかにも、浙江省の温州は中国でも最も訛のわかりにくい所としてしられている。民間詩人が多く、南宋に永嘉（温州）の四霊（四人のすぐれた詩人）を輩出した文化の土地である。ことばが別系統ではない。訛が異様に強いだけで、文字に書けばおなじなのだ。だから温州人はたえず筆記道具を携えているという。いざとなれば筆談しようというのだ。

一九八三年、NHKは世界的な考古学者である夏鼐《かだい》先生を招き講演していただいた。夏先生は温州出身だが、講演は北京語で通訳つきだった。先生は夫人同伴で来日されたが、随行の中国人スタッフによれば、ご夫妻のやりとりはひとこともわからなかったそうだ。

宴会のまえに夏先生はペンと紙片をとり出した。温州人のすがたである。そして訪日述懐の七言絶句をしるされた。こんなときは日本側がそれに和して詩を作って贈るのがしきたりだが、バイリンガルが遠くなったいまではそれも出来そうもない。僭越ながら私が代わって一首を作って贈った。それが先生の著書『中国文明の起源』のあとがきに収録されていたので冷汗をかいた。はやく日本がバイリンガルを取り戻してほしい。

(「文藝春秋」十月号)

人類はみな麺類か？

鹿《か》島《しま》茂《しげる》
（フランス文学者）

われわれ団塊の世代は、テレビというものに人生の「途中」で遭遇した最後の世代だといわれているが、もう一つ、スパゲッティというものにも、人生の途中で出会うという経験をしている。つまり、昭和三十年代の高度成長期にスパゲッティなるものがナポリタンとミートソースという下分類を引っ提げて日本に登場したとき、日本人はこれとの全面対決を余儀なくされたのだ。

当時の日本人にとって、大変な脅威と映ったのは、スパゲッティは箸ではなくフォークで、しかも、ソバやウドンなどとちがって、「すすらず」に食べるということである。

これは、麺類といえば、「すする」ものとばかり思い込んでいた日本人にとって、ほとんど文化ショックに近い衝撃だった。この衝撃とそこから発生した右往左往については『背中の黒猫』というエッセイに書いたので繰り返しはさけたいが、とにかく、麺（スパゲッティ）をフォークに絡めて食べるという「曲芸」は、それ自体が、ほとんどステータス・シンボルにさえなったのである。

ところが、その後、東西交流が進んで、双方の食事情が明らかになり、食事文化の専門家である石毛直道氏の提唱によって「文化麺類学」なる学問まで登場するに及んで、意外なる事実が判明するに至った。

それは、フォークを駆使して、スパゲッティを「すすらず」に食べることが驚異なのではなく、その反対に、スパゲッティも含めて麺類を「すする」ことができるというのが大変な驚異であるということだ。

つまり、日本人、韓国人、中国人、ヴェトナム人などが箸を使ってまったく無意識のうちにやっている「すする」という行為は、後天的に学習された特殊技能であり、この学習がなければ、人類は麺類を「すする」ことはできないのである。

それを雄弁に物語っていたのが、過日、テレビの「世界ウルルン滞在記」で見たブラジルの日系人の村の食事風景である。

全員が日系人で、ウドンやソバを作って食べていたのだが、日系一世は箸を使い、麺をすすることができるのに対して、二世以降は、これができずに、麺をフォークに絡めて食べていた。おそらく、二世以降の世代は、幼稚園や保育園で食事の仕方を仕込まれたので、幼児の頃にしか学習できないこの口唇技術を習得しそこなったにちがいない。

この「すする」という食料摂取方法の特殊性に最初に気づいたのは、当然、それが「できる」われわれアジア人ではなく、「できない」ヨーロッパ人である。ヨーロッパ人にとって、「すする」という食べ方の発見がいかに驚異であったか、いや、いまだに驚異であるのかは、アナール派の歴史家マグロンヌ・トゥーサン＝サマの『世界食物百科』（原書房　玉村豊男監訳）の「パスタ・麺類の歴史」の項目を一瞥すれば明らかである。
「十六世紀初頭から非常に重要な象徴体系と結びついてきた『ソバ』は、日本人の基本食品のひとつである。また、歓迎やあいさつのときの伝統的な贈りものとなっている。ソバは、茹でて水を切り、椀に入れて口元に運ぶ。そして噛まずに大きな音をたてて麺を吸い込むのが決まりである」

この「噛まずに大きな音をたてて麺を吸い込む」という部分に注目していただきたい。ようするに、フランス語には（というよりも、印欧語には）、「すする」という動詞がないのだ。行為が存在しないから、動詞も存在しない道理である。

では、こうした「すする」能力を欠いたヨーロッパ人が麺というものに遭遇したときに、いったいどんなことが起こったのか？

＊

普通、ヨーロッパ、とくにイタリアにパスタが生まれたのは、マルコ・ポーロがそれを中国からもたらした十三世紀だと言われている。これには強い異説もあるようで、『世界食物百科』によると、少なくともマカロニはナポリ起源で、十四世紀には完成されたかたちを取っていたという。ただ、同書もスパゲッティやヴァーミセリに中国の影響がないとは断定していない。こと、スパゲッティやヴァーミセリに関するかぎり、麺の西漸説を否定する根拠はないようだ。

とすると、イタリア人が麺と出会ったとき、それをどのように食べたかという問題は、十分、問いとして成り立つことになる。

イタリア人は、そのとき、麵をフォークに絡めて食べたのか？

どうもそうではないようである。

フォークがヨーロッパに登場したのは、最も早い例で、十六世紀のアラゴン、つまり、今日のスペイン・カタロニアである。アントニー・ローリーの『美食の歴史』（創元社　富樫瓔子訳）にはこうある。

「あるアラゴン王の顧問官は、フランス人やイタリア人の、肉を素手でつかむ『野蛮な』習慣を軽蔑した。当時、盆の上で肉をおさえて切るのにある種のフォークを用いたのはカタロニア人だけだったのだ」

このカタロニアのフォークというのは二本歯のフォークで、アラゴン王の領土拡大にしたがってヨーロッパに広がった。とりわけ、ナポリ王国の征服はフォークのイタリア伝播に貢献した。とすると、中国から西漸した麵と、アラゴンから東漸したフォークが十六世紀にナポリで出会い、ここに幸福な結婚をしたという仮説が成り立つのだろうか？

残念ながら、その可能性はほとんどない。というのもカタロニア伝来のフォークは二本歯だったから、これでスパゲッティやヴァーミセリを絡めることは至難の技である。

すなわち、麵とフォークの出会いは十六世紀には起こらなかったのだ。フォークがスパゲッティやヴァーミセリと出会うのは、フォークが二本歯から四本歯に進化した時点でなければならない。

では、今日われわれが使っているような四本歯のフォークがヨーロッパの食卓で使用されるようになったのは、いつのことか？　十七世紀末のフランスである。

「フランスでは、イタリアに比べて、フォークの使用はかなり遅れた。ルイ十四世も、若いうちは、ナイフを使うだけで、たいていは手づかみで食べていた。

「ルイ十四世（太陽王）の治世の到来まで、ことは了解済みだった。フォークを使うのはロンバルディア人とヴェネツィア人だけで、彼らをうらやむ者などいなかった。（中略）アンヌ・ドートリッシュと〔息子の〕若きルイ十四世、パラティナ侯女〔ルイ十四世の弟オルレアン公フィリップ一世の妃で、食通で知られた摂政オルレアン公フィリップの母〕は、シチューに指をつっこみ、水差しの水ですすぎ、大きなナプキンで拭った。シックの極みは布にそっと触れることにあった」（アントニー・ローリー　同書）

しかし、ルイ十四世の親政が始まり、礼儀作法がうるさくなると、フォークは必需品となる。一六七〇年以降には、フォークを使わぬ人はルイ十四世の宮廷では流行遅れとなり、アントワーヌ・ド・クルタンが一六九五年に著した『新作法論』では、フォークを使わずに手で食べる人々は無作法の烙印を押された。

ただ、これには保留を付け加える必要はある。というのも、四本歯のフォークというのがルイ十四世の宮廷には登場したにしても、それはもっぱらデザート用の平らのものであり、肉その他のものを食べるときには、二本歯の伝統的なフォークが使われていたからである。

四本歯のフォークが一般に用いられるのは、かなりあと、十八世紀の後半くらいではないかと思われる。それも、フランスの宮廷に限られ、イタリアではあいかわらず、二本歯のフォークが用いられていた。また、フランスの四本歯のフォーク自体も今日のようなあの独特のカーブを描いているものではなかった。

さて、以上のことから推論すると、イタリア人が西漸してきた麵と（おそらく十四世紀頃に）出会ったとき、それをフォークで丸めて食べたという可能性は限りなくゼロに近くなる。

では彼らはどうやって食べていたのか？

手づかみである。しかも、手で摘まんだスパゲッティを上から口にほうり込んでいたのだ。豪快な食べ方というほかない。

これに比べると、麵を箸で摘まんで口にもっていってから「すする」というのは、なんという繊細な食べ方であることよ。

では、この手づかみスパゲッティの時代はいつまで続いたのかというと、驚くなかれ、これが十九世紀である。イタリア人は十九世紀になって初めてスパゲッティをフォークで食べるようになったにすぎないのだ。

しからば、そのきっかけはというと、ブルボン王家の血を引くナポリ・シチリア王国のフェルディナンド一世が、庶民の料理であるスパゲッティが大好きで、これをなんとか宮廷の晩餐会に供しようと考えたことにある。国王は宮廷式武官のスパダッチーニに、スパゲッティを手づかみでなく食べられる工夫をするよう命じた。そこで、スパダッチーニは技術者だった甥のチェザーレとともに頭をひねり、フランス宮廷で使われている平らな四本歯のフォークを改良してカーブをつけ、スパゲッティをこれに絡めて食べられるようにしたのである。一八三〇年頃の話である。桜沢琢海『料理人たちの饗宴　西洋料理のルーツをさぐる』（河出書房新社）にはこうある。

「こうして考案された四本歯のフォークは、パスタをエレガントに食べる道具として十九世紀に急速に普及することになった。そして、パスタはフォークのおかげで、イタリア料理の格式あるディナーのコースに組み入れられる料理に見事に格上げされたのである」

ただし、これはイタリアのことである。フランスはこの限りではない。

つまり、フランス人はスパゲッティをフォークに絡めて食べるというこのエレガントな方法を全然学ばなかったのである。

その紛れもない証拠を、私は先日この目で目撃してしまった。九月にフランスのナンシーに行ってレストランに入ったときのこと。

私たちの斜め前の座席にすわったフランス人女性がスパゲッティを注文した。私はフランス人がいったいどうやってスパゲッティを食べるのか興味があったので、おおいに注目しながらスパゲッティの到着を待った。やがて、大きな皿に盛られたスパゲッティが運ばれてきた。

さて、これをどう食べるのか？

その女性は、ナイフとフォークをおもむろに手に取ると、左手のフォークでスパゲッティを押さえてから、右手のナイフで「井」の字形に何重にも切り刻んだ。そして、そのあと、フォークを右手に持ち替えて、ショート・カットされたスパゲッティをマカロニをすくうようにしてフォークの腹にのせて口に運んだ。

あまりに驚いたので、もしかすると、その女性は例外なのかもしれないと思いかえし、在仏経験の長い日本人何人かに問い合わせてみた。答えはみな同じだった。それがフランス人のスパゲッティの食べ方であると。

なるほど、これでフランスのスパゲッティがあれほどにまずい理由がよくわかった。彼らはスパゲッティを麺として味わう必要がないから、煮方などはどうでもよく、いわんや、喉越しとか、歯ごたえなどは問題とならないのだ。

かくして、結論。

イタリア人は、「すする」ことはできないが、少なくとも麺をおいしく食べる方法を知っているのだから、「麺類」である。しかし、フランス人はいささかも「麺類」にあらず、である。人類がみな麺類であるわけではないのだ。

（「オール讀物」十一月号）

日本人と桜

中《なか》西《にし》　進《すすむ》
（京都市立芸術大学学長）

「日本人は、奈良時代には梅が好きだった。ところが平安時代から好みが変って、桜を愛するようになった」

と、こんなことを教室で教えられたり、本で読んだりしたことは、ないだろうか。少くとも私はそうだった。こう書いてある本も、いっぱいある。

しかし、そんな事実はない。太古以来、日本人は桜を愛してきたのである。

それでは、どうしてこんな間違いがおこったのか。じつは奈良時代にできた『万葉集』という歌集でいちばんたくさん詠まれた花は、梅である。だから、みんな、梅が好きだったと思った。

ところが、これは当時の中国好みの貴族趣味によるもので、ある歌人などは梅見に人びとを招集し、みんなでいっせいに四十首ほどの梅の歌を作った。おまけに、後からこの時をしのんで梅の歌を作った人もある。

こうなるといっきょに梅の歌の数がふえてしまう。その数を、歌の性質を吟味しないで数えたから、個人やごく少数の人の好みを、一般の人の好みと勘ちがいしてしまったのである。

反対に、単純に桜の歌を数えると、数は梅に及ばない。しかし桜が民衆的には熱烈に愛されていることがわかる。

また、平安時代になっても、ごく初期のころには、宮中の正殿の前に、梅と橘が植えられていた。それが火事で焼けて、その後桜と橘に変った。そこでまた、人びとは梅から桜へと趣味が移ったと誤解するのだが、最初は万事中国好みの宮廷だったから、梅を植えたのである。やがては素直に、日本趣味にしたがって桜を植えた。

そこで今後は若い世代にも「日本人はずっと桜を愛してきた」と、言おうではないか。

さて、そうなると日本人はどうしてこうも、長い間桜を愛しつづけるのだろうという疑問がわく。もう桜は、遺伝子の中に組みこまれてしまった記号だろうか。

むかしファーブルの『昆虫記』を読んだ時、巣の中で生まれた働きバチが、巣をとび立つとさっそく蜜のある花へとんでいくという驚きが書いてあって、感心したことがある。これは遺伝子のせいらしい。

わが家の目下の悩みといえば、一本のバラが必ず蝶の産卵の場とされていて、どんなに注意していても、あっという間に木が丸坊主になることだ。毎年くり返される。生まれた蝶が帰ってくるらしいのである。それもいま、連想する。

もう桜は、日本人の遺伝子の問題である。

ではどんな遺伝子なのだろう。

先ほど『万葉集』について述べたが、その中に、次のような一首がある。

桜花　時は過ぎねど　見る人の　恋の盛りと　今し散るらむ

桜の花はどうして散るのか、作者は推測する。「この桜の花は次のように思って散るのではないか」と。つまり桜は「私を見ている人は、いまが一番私を愛してくれている」と思う。だから桜はしおれるのを待たないで散ろうと思う。

そう、作者は桜の落花を納得した。

人間にいいかえてみると、恋人がいま、一番私を愛してくれている。だから自殺をしよう——そう思うことになる。

そんな人がいたら、盛りの命の死を惜しまない人はいない。

もっと生きつづけて永遠の愛に生きればよかったのに、とやや批判をする人もいるだろう。しかし反面、長くは生きられない命だから、花の盛りに死んでよかった、と賛成する人もいるだろう。

いずれにしても、これらは時間の中で命を見ていることに変りはない。

命は時間の力を、まぬがれがたい。

このもっとも根元的な命の課題を、死からもっとも遠い花の絶頂期に考えることの、衝撃力は強い。

万葉の歌の作者は、桜の花をじっと見ることによって、無意識に体の中にたたえられていた命のうつろいが誘い出され、花の姿がわが命の代行者として映ったのだろう。人間の死の想いを誘い出したものは、花のあまりもの美しさだったことになる。

花は美しい生殖器である。生殖の器にもりこまれるものが死への誘いであることは、避けがたい人間の宿命だろう。生まれたばかりに死があるのだから。

フロイトふうにいえば、ここにもエロスとタナトス、性と死の黙契《もっけい》がある。

私たちは、こんな発言を千三百年も昔の日本人がしていたことに驚くが、これほど本質的なことだからこそ、深く遺伝子にくみ込まれていても、ふしぎではない。

この深い仕組みから現代の日本人も遠ざかることはできない。

私たちと同時代人であった三島由紀夫が『盗賊』という小説を書いた。ここではふたりの男女が愛し合い、結婚の約束をする。ところがふたりは、結婚式の当夜、情死をする。

このモチーフを三島がどこから着想したかは知らないが、あの『万葉集』とそっくりではないか。

生が濃く死に限どられているかぎり、愛をとげることは死においてしかない。まだ十分に春秋に富む身だのに。つまりは「桜花　時は過ぎねど　見る人の　恋の盛りと　今し散るらむ」ではないか。

日本人が桜を愛することが、単なる風土上の条件や花の生態系などによるのではないことも、よくわかる。むしろ日本人は内なる風土の生態系によって、深く桜を愛してきたのである。

だから、これまたよく言われるように、桜はパッと咲いてパッと散るからよいのだ、ということも、きわめて言葉足らずであろう。桜は散りぎわがよい。人間もかくあるべしだ、といわれても、いささか違和感がある。

これらは短命をよしとする思想のように受けとれるではないか。

しかし私が今まで述べてきたことは、むしろ濃密な生への欲求に主眼がある。あくまでも生に執着するために、死の時期を誤ってはいけない。そのために、わが身を客観におき、その鏡をとおして、わが命の絶頂を見極める。その結果、死によって盛りを永続させようとする命の営みを選択する、というのが桜自身の内省だと、万葉びとは考えたのである。

また、万葉の時代には、山の稜線をいろどる遠景の山桜をよく歌った。雲ともまがう山桜は、人間をより広い宇宙へと導き出す役割も担っていたらしい。

近景の桜の落花が、よく宇宙的な生命観をふくみもっていたことと、それは無縁ではない。

この思想が流れて、現代の三島由紀夫にも到った。

つい最近、画家の高山辰雄さんのことばが、はっと私の胸をついた。氏は言う。「私は万葉が好きだ。その歌は自然を見、自然を描いている。そこで時々、私は『万葉集』をひもといて、自分がいま自然から離れていないかどうかを確かめる」と。

一道をきわめた人の言として、みごとであった。

万葉びとはよく自然を見、自然の命をわが命と一体化して生きた。その結果、花の盛りに散る万葉の歌も詠まれることとなった。

これほどまでに日本人は桜と対峙してきたのだから、時代の好みや貴族趣味で選ばれる梅とは、格がちがうのである。

（「文藝春秋」三月臨時増刊号）

浪華俗世の知恵

藤本《ふじもと》義一《ぎいち》
（作家）

祖父は職人であり、父は大阪商人であった。四代前までは、父方も母方もこの職人と商人の血が半々に流れているのがわかる。

私は商人になるために育てられたが、昭和二十年三月の大阪大空襲で父の営んでいた店は壊滅状態となり、資本なしの技一本の職人であった祖父の道を歩んで今日に至ったようだ。

表具師であった祖父はあらゆる遊びと酒をこよなく愛したと幼い時に祖母から聞いている。小唄などが好きだったという。父は文楽好きで、謡曲が好きだった。こういう趣味の違いに職人と商人の差が感じられる。

祖父の記憶は二、三歳ぐらいの時に途絶えるが、なんとも恐しい存在であった。

朝起きて、大きな音をたてて洗顔し、鏡に映った己《おのれ》の顔に向って三度大声で叫ぶのだ。

「オイ！　アクマ！」

おい！　悪魔！　である。祖母の解説で知ったのだが、オは〝怒るな〟、イは〝威張るな〟、アは〝焦るな〟、クは〝くさるな〟、マは〝負けるな〟であった。この五項目を毎朝自分にいい聞かせて仕事に入ったのである。この自戒の言葉も大阪職人の知恵だと思う。一度この発祥について調べてみたが、明治の中期ぐらいに大阪のあらゆる商人、職人の仲間うちで発生したらしい。

大阪商人の父は、こっちが小学校に入る直前から一年に二回、元日の朝とか盆の日に正座対面のかたちでいったものだ。

サンズノカワヲワタルナ。

と。

三途の川といえば死んで渡る川の名称だと知っていたから、人間死んではいけないということかと解釈したら、そうではなかった。

「商人《あきんど》の世界には、三つのやってはいけないベカラズという〝ズ〟がある。これを三《さん》ズという。よう憶えて、いつも三唱しろ。金貸サズ。役就《つ》カズ。判セズ。わかったか」

どんな親しい人にも金を貸してはいけない。町内とか組合の役に就くと自分の時間がなくなる。判（保証人の判）をしてはいけないのだという。

「実印を捺す時は朱肉を付けてから、印盤の方を自分の方に向け、大丈夫か、大丈夫か、大丈夫かと三回唱えろ。そして、捺す時は、捺印する紙の下にこの一枚を敷いて捺し、朱肉が乾くまで雑談して待て」

といって、厚さ七、八ミリのフエルトの板（五センチ四方）を見せたものだ。朱肉が乾いていない場合は、硫酸紙などで朱肉を別の紙に移し、盗印、欺《だま》し印が可能だから気を付けろといい、フエルト板は敷くことによって、どの紙質でも本人が捺印した証拠になるからだといったものだ。

これは現代でも十分に活用できる自衛の策といえるだろう。

この他に、中学生頃までに父から執拗にいわれたのは、

「二つの掛算だけは絶対にするな。人生の一番大切な〝信用〟を失うことになる」

という言葉である。

二つの〝掛算〟とは〝心配をかけること〟と〝迷惑をかけること〟という意味だ。

祖父の叫んでいた時は五十代後半だったが、父が静かな口調でいったのは三十代後半だったことになる。

特に金銭感覚が江戸と浪華で大きく違うというのを知った。

――金は天下の回りもの。

という諺《ことわざ》を、江戸町民は安易に解釈しているのだという。

「金が自分の懐から出て行ったなら、天下という世の中をぐるッと回ってまた自分の懐に戻ってくるという阿呆な考えをするのが江戸の人間や。――金は天下の回りもの――という大阪の解釈は、金というのは常に世の中を凄《すさま》じい勢いで回っているものやから、絶対に目を離すなということや。人間にはチャンスというのが三回あるから、ここぞと思った時に手を伸ばして摑まんことには金は逃げてしまうというわけや。そして、人間、一生の間に三度のチャンスがあると考えよ」

というもので、江戸では金のことをオアシというが、これは〝お悪《あし》〟という軽蔑視した呼び方で、浪華でのオアシは〝お足〟という走りまわる貨幣を意味しているのだといったものだ。

幼年期から少年期にかけて埋め込まれた知恵、特に金銭に関する知恵は容易に消えるものではない。やはり、商人の町大阪では、金銭に関する知恵が多い。

――貯めるのは金、使うのは銭《ぜに》。

同じ金額であっても、貯める時と使う時は呼称を変えろというのである。

「儲《もう》けるという字をよく見ろ。タテに二つに割ったなら〝信〟と〝者〟となる。これは信じ合う同士に真の儲けがあるということや。もし、そうでなかったなら、儲けるという字をタテに三つに割って考えろ。〝イ《にんべん》〟つまり自分や。次に〝言《げん》〟という言葉や。それに〝者〟という他人、客やな。儲けようと思う資本《もとで》の少ない商人は、自分と客の間に巧みに言葉を挟んだ奴が勝つということや」

凄じいまでの解釈だと思うが、これは真理であると大阪人の私は思うのだ。

といって、金を貯めることばかり考えている〝吝《けち》〟は商人仲間では爪はじきされるからこの点は十分に考えて行動した方がいいというのも父や父の仲間から何度も聞かされた。

また、

――死んで花実《はなみ》が咲く。

という江戸の言葉を大阪人は昔から軽蔑していたようだ。切腹、殉死の美学は一切認めない風潮がある。

――死んで花実が咲くのなら、墓所《はかしょ》はいつも花盛り。

などと付け加えて揶揄《やゆ》した。それでいて働くという言葉にも〝傍《はた》〟を〝楽《らく》〟にして生命を縮めても意味はないではないかという意見を持つ。

江戸時代の大阪の落首《らくしゅ》（落書き）に、

——世の中で寝るほど楽はなかりきに、知らぬ阿呆は起きて働く。

というのがあるのを見てもわかる。なにも他人のためにあくせく働くこともないではないかという気分で作られたものだろう。

働くのは傍《はた》を楽《らく》にする犠牲的精神で仕事に励むことだという解釈は、どうも後年になって仏典等の中から引用されたものらしい。

また、

——損して得とれ。

これは得（利益）ばかりを考えて商いをしていると必ず損をするぞという諫《いさ》めの言葉であり、損を常に考えながら地道に商いをしていくと得に繋《つな》がるという意味である。車でいえば得はアクセルであり、損はブレーキというわけだ。高速道路を疾走している最中に、どちらが故障すれば恐しいかを考えろという箴言《しんげん》と思えばいい。ブレーキが効かなくなると激突するしかない。

ところが、江戸期後半には、この——損して得とれ——が——損して徳とれ——というのが正しいという説が生れる。自己犠牲を覚悟で徳行を積むのが人間の道だという。これは、おそらく道学者の誰かが無理に語呂合わせをしたのだろう。現実に生きる商人がこんなことを考えるわけがない。

私は中学一年の夏休みに終戦を迎えた。父は空襲で私財を失い、強度の神経衰弱（現在のうつ病）と栄養失調の果てに食が細くなり（拒食症）、そして肺病（結核）に罹《かか》った。精神的にも肉体的にも物質的にもボロボロの四十五歳だった。大阪府下の結核療養所の隔離病棟に入ったため、一年間は面会出来なかった。体重は十貫目（三十七・五キロ）で、私は八貫目（三十キロ）だった。生活のために母は衣類を食糧に換え、私は米軍キャンプと闇市を駆《か》けめぐり、それなりの収入を得て、毛布や砂糖を療養所に届けたが、隔離されている父とは面会が許されなかった。一度だけ看護婦さんから病床の父の伝言を聞いた記憶がある。

「人間死ぬ時は死ぬ。が、戦争が終ったから殺されることはない。死ぬのは納得出来るが殺されるのは納得出来ん死に方や」

といった意味のことだった。闇市で危い取引を手伝っているのを知っていたらしい。殺される状況はなるべく避けろといったのだ。クスリでも殺されるといっていたから、ヒロポン（覚せい剤）に手を出すなといっているのだと解釈した。

二年目に開放病棟に移った父と面会した。

大部屋の奥の窓際にいた父が手招きするので近付くと、急に軋《きし》むベッドに正座し、両手をついて息子に頭を下げた。瞬間、神経衰弱がさらに深くなったのかと絶望的になった。が、そうではなかった。スマン、スマンと小さな声で息子に詫び、こちらの頭を指した。

「そのお前の頭は金庫や。大学まで行ってくれ。授業料の安い、自転車で通学出来る大学へ行って、その頭という金庫の中に学問という財産を入れ、自由に運用して生きてくれ」

こういった内容のことをポツリポツリと低声《こごえ》でいった。五、六分を要したように思う。

「地位も名誉も財産も失った。従って、お前に失うものはなにもない」

帰り道、この言葉を幾度も頭の中で繰り返した。相当考えて纏《まと》めたものだろうと中学二年の頭でもわかった。

父のいった通りの公立大学に入り、父に報告すると、

「将来なにになるか考えてこい。十代では一日で考えられるものが二十代では一カ月かかり、三十代では一年かかり、四十代では五年かかり、五十代では十年かかって六十になる」

この計算方法は現在もどこからきたのかわからないが、決断を早く若い裡《うち》にしろという名言だと思う。

中学校の社会科教師の資格を取得したが、日本の雇用問題に疑問をもって、自分の好きな映画界の徒弟制度に入るといった時、

「うーん、中学の先生から映画の下働きか。どっちも資本《もとで》なしやから好きな方をやれ。人間、あの時にやっておいたらと悔むのが一番下手な人生や」

といってくれたのである。

そこで、どちらかというと祖父のDNAに作用されて現在に至っている。

（「文藝春秋」十二月臨時増刊号）

遍路道を歩いてわかったこと

細谷亮太《ほそやりょうた》
（聖路加国際病院小児科部長）

三十年間勤務のごほうびに、病院が十日間のお休みをくれたので、「歩き遍路」をしてみることにしました（キリスト教の病院からのごほうびでお遍路というのもちょっとおかしい）。現役の勤務医それも小児科医が、十日間続けて休みをとるというのは、なかなかできないことです。せっかく休むのなら、以前からあこがれていた「完全歩き」のお遍路をやろうと思い立ったのです。何故、お遍路なのかは、私にもはっきり判りませんでした。しかし、八十八カ所のうち徳島の一番から高知二十八番まで行程三百三十キロほどを歩いているうちに、少しずつ憧れの理由が判ってきました。来てよかったと心から思いながら過ごしました。残りの千数百キロも、そのうち歩きたいと切実に思っています。

今回は子どもの話というよりも、親として一人のおとなとして、自分の中の子どもの部分とどう、どんな話をしたのかというようなことを書いてみたいと思います。

ベースの服装はこちらで整えて出かけました。上は登山用のインナーに着古した厚手で柔らかなコットンのたてえりの長袖シャツ、ズボンはゴルフ用のスラックス、靴下は五本指のインナーソックスの上から厚手のコットンのものをはき、靴はゴアテックスとナイキのダブルブランド、防水の効いたエアシューズを選びました。お遍路の装束は死装束をイメージしているということなので、全体を薄い灰色でコーディネートしました。リュック、磁石、地図、雨具もそろえ、十キロほどの荷物を背負って、休日の早朝に自宅から病院までの二十キロほどを試し歩きもしてみました。

そして、仕上げは一番札所《ふだしょ》の前にあるお店で行いました。菅笠《すげがさ》、白衣《びゃくえ》、金剛杖、頭陀袋《ずだぶくろ》、それに中身の経本、納経《のうきょう》帳（スタンプ帳のようなもの）、輪袈裟《わげさ》、念珠《ねんじゅ》、ろうそく、お線香などを入れて身につけ、それに脚絆《きゃはん》までまけば、気分も修行僧。どこからみても正統派のお遍路さんです。日本の文化は、やっぱり形から入るのがてっとり早いようです。

　へんろ道　はじまりにある　なんでも屋

まず、礼拝をくり返して感じた事。

私の家族は妻と三男一女の六人です。妻と長女、末子の三男は洗礼を受けたカトリック信者ですが、私と長男、次男は何とはなしに仏教徒のような気分になっています。田舎の家の宗旨が曹洞宗であり、帰省する度に、仏壇にお参りをし、お線香をあげたりするからでしょう。

弘法大師空海（お大師さん）は真言宗の開祖ですから、お経も私どものと少し違っています。でも、ろうそくに火をつけ、お線香をあげて、合掌すると心が静かになるのがよくわかります。

ご本尊が願いごとを一つなら、かなえてくれるから念じればいいといわれても「世の中みなが平和のうちに暮らせますように」などという私的な欲の見えないお利口な祈りしか心に浮かんで来ないのが不思議です。

手のひらを合わせる動作には、不思議な効果があるようです。宗教はさておき、一日に一回か二回は合掌して何かを祈ることは良い習慣かもしれません。子ども達と一緒に食事の前に手を合わせるだけでも、心のあり様はずいぶん違ってくるはずです。

へんろ道　落椿ふまぬよう　ふまぬよう

次に歩きながら感じたことをいくつか。

結局、十日間で三百三十キロ歩いたわけですから、平均で一日三十キロあまりです。十日の中には一日の標高差の累積が千メートルを越えるために、せいぜい二十キロほどしか消化できない日もありましたし、五十キロ近く歩いた日もあります。夜が明けてから日が沈むまで、ただひたすら歩き続けました。

もう一ヶ寺　もう一ヶ寺と　来て朧

さて、歩いてわかったことのひとつは、時間というものがひとつながりで存在しているのだということ。あたり前のことなのです。子どもの頃には大多数の人がそう思っていたはずなのです。とは言っても、これを実感できる仕事についている人以外のおとなは、もう忘れてしまっている感覚です。

農業や漁業に従事している人達の一部にとっては、毎日がこんな時間なのかもしれません。でも漁師さんを考えてみても、ヘミングウェイの「老人と海」の主人公の時間はひとつながりでも、近代設備を備えた大型漁船の乗組員の時間は必ずしもそうだとは言えないような気がします。病院で働く私の時間などはまさに細切れ、粉々にくだけてしまっています。それが、この十日間で子どもの頃のひとつながりの時間の感覚を思い出すことができたのは何よりの収穫でした。

しかし現代の子ども達は、ひとつながりの時間の中にいるでしょうか。時間本来の連続性を基礎的な感覚として小さな子ども達に持ってもらうためには、私たちおとながそのような時間を彼等と共有することこそが大切なのだと思います。自然の中で朝から晩まで子どもと過ごす体験は、双方にとって貴重な体験になるはずです。

歩いてわかったことの二つ目は、人間の行動の基本は歩くことだということです。ふつう私たちは車の感覚で距離と時間を考えています。十キロは道路が空いていれば十分ほどという具合です。しかし歩いてみると、十キロは二時間半（百五十分）の距離なのです。だから、歩いている人は車で通り過ぎる人の十五倍の注意力を持って、同じ道すじにあるものを見ることができるのです。

赤ちゃんを歩行器に入れると、這い廻ってなめまわすといった経験が不足して、知的な発達が少し遅れる傾向がある、という説があります。それと同じで、子どもにはできるだけ歩かせて、ゆっくり様々なものを見せるようにしたほうが良いのだと思いました。

歩いてわかったことの三つ目は、身体を大切にしなければならないということです。一日に三十キロ以上を、毎日歩き続けるというのは並大抵のことではありません。歩き終えて宿に着く頃には、膝の関節はきしむし、太腿やふくらはぎの筋肉はパンパンに張って階段の昇り降りもままならなくなります。足に靴ずれもできそうになります。それをお風呂でもみほぐし、足のうらのマッサージをして大事にケアをすると、次の日にはまた何ということなく歩けてしまいます。

子ども達にも、身体を大事に使うことを教えなければいけないし、痛んだ時にケアをして翌日には恢復する身体を持っている、という自信を持たせないといけないと思います。

歩いてわかったことの四つ目は、日本は美しい国であるということです。きれいな山河、海、そして四季。こわさないように大切に守らなければなりません。歩き出しの日はうららかな春の日ざしがあり、次の日は本格的な雨、三日目は雪でした。それぞれの天候に素晴らしさがあります。

一番の難所、十二番焼山寺《しょうさんじ》の山登りを終えて次の十三番大日寺《だいにちじ》に向かう日が雪でした。お昼近くにパッと日がさして青空がいっぱいに広がりました。下りの斜面いっぱいに梅の林が広がり、花が満開に咲いています。鮎喰川《あくいがわ》がキラキラ光りながら眼下の平野を流れています。空中を何か白い綿のようなものが光を放ちながら飛んでいます。タンポポの綿毛のようにみえたそれは雪でした。

私のふるさとの風花は、もっとごつい大きなものです。阿波の風花のなんと繊細なこと。しばらくボーッと眺めてしまいました。全くの一人ぼっちの世界です。息をのんでしまうような美しさがこの国には、まだまだ存在していることを私たちおとなが感じて、そのフィーリングを子ども達に伝えなければなりません。

そして最後に思ったこと。美しい国には思いやりのある礼儀正しい人達がいっぱい住んでいるのだということです。ずいぶん久しぶりに道ゆく小学生と大きな声で「おはようございます」「さようなら」の挨拶をかわしましたし、通りがかった人から「お気をつけて」といたわられました。

私の歩き遍路は、失いかけていた様々なものへの信頼を取り戻すための旅だったように思います。

人間とそれをとりまく自然、そして時の流れ、すべてを素直に見直してみる機会を私たちおとなは作らなければなりません。子ども達のためにも。

風花の　尾根がすなはち　へんろ道

（「暮しの手帖」六―七月号）

人生の落第坊主

池《いけ》内《うち》　紀《おさむ》
（ドイツ文学者）

山陽本線で明石をすぎると、まもなく狭い海峡ごしに淡路島が見えてくる。定規をあてたような明石大橋のむこうに播磨灘《はりまなだ》がひろがっている。夕日の沈みぎわなど、小島のシルエットが浮かび出て美しい。私には見なれた風景である。その播磨灘に面した城で知られる町に生まれた。

黙阿弥の『船弁慶』では、舞台が播磨灘の沖合いということになっている。平家を攻めほろぼしたあと、源義経が兄頼朝と不和になり、四国をさして逃れようとするくだりだが、播磨灘にさしかかったとき、奇妙なことが起きた。海上に平家一門の怨霊があらわれて、そのため水夫《かこ》がいくら懸命に櫂を漕いでも、船がさっぱり進まない。義経が刀をとって切り払ったがどうにもならない。弁慶が数珠を押しもみ、東西南北の明王に祈りを捧げたところ、ようやく霊が退散して船が再び進み出した。

『船弁慶』では怨霊によるあやかしのワザということになっているが、科学的にみて、まんざら説明のつかぬことでもないらしい。いくら漕いでも船がいっこうに進まないのは、古くからいわれている「死水《しすい》」の現象にあたる。大雨が降ったり流氷が溶けたりして、突然、海の表面に淡水の層ができることがあり、そういったところに船がさしかかると、いくら漕いでも前に進まない。表層の淡水と下層の海水とのあいだに一種の流れができて、櫂や櫓の力を無効にしてしまうからだ。

何かのおりに「播磨灘」とか「船弁慶」といった文字を見かけると、私はほとんど反射的に「死水」の現象を思い出す。そして、こう考える。それは必ずしも海の上に起こるものとはかぎらない。漕げども漕げども、いっこうに前へ進まない状態は、人生に何度もめぐってくる。現に私には二十代のある時期がそうだった。四十代のひとところにもあった。もはや忘れてしまっているが、ほかにも何度か「死水」の意識にみまわれたはずである。

それはいいかえると、表面に突然、「淡水の層」が生じたような時期であって、それまでの下の層とのあいだにべつの流れができ、いくら力を尽くしてもガンバリを無効にしてしまうらしいのだ。そういえば二十代や四十代は、とりわけ人生の変わり目に相当する。「死水」の金縛りを出るのに苦労をした。それだけ鮮明に記憶にとどめているのだろう。

自然界では、突然の大雨であったり、突然の流氷である。しかし、くわしくいえば、先には長い時間にわたって準備され、さまざまな要素が組み合わさったり影響を与え合ったりして、その結果が突然、一つの現象として躍り出たまでである。

歴史もまた、これと似ていて、大きな戦争や大きな政変、疫病の流行、革命、経済恐慌といったこと、つまりは何らかの事件によって、歴史が開かれたり閉じられたりしたかのようだが、しかしながら、あきらかに、そうではないだろう。歴史的大事件といわれるものに先立ち、見たところなんら昨日と変わらない日常があった。変化はひっそりと進行した。あるきっかけが一挙にすべてをなぎ倒した。

生の営みそのものが、これにひとしい。ある朝、突然、花が咲く。誰もが誕生の日をもち、ある日、卵からヒナが孵《かえ》った。新しい始まりは突然に訪れて完了する。

にもかかわらず、やはり本来の始まりは、誕生日ではなく、ひそかな受胎の日に求めるべきではあるまいか。花開いた朝ではなく、そっと種の落ちた日。ヒナが孵ったときではなく、人知れず卵が生み落とされた瞬間。しかしひそかに生じ、人知れず進行したものを、どうやって求めればいいのだろう?

先年、私は『二列目の人生』という本を出した。タイトルがわかりにくいというので編集部が追加をした。そのため『二列目の人生　隠れた異才たち』という長いタイトルになった。それでもまだ、編集者には心細い気がしたらしく、出来あがったとき、オビに大きく入っていた。

「一番を選ばない生き方」

つまり、そのような生き方をした人々を取り上げた。一人は南方熊楠のように博物学に打ち込み、晩年は熊楠同様、粘菌の研究に没頭した。山のような著書をのこしたが、どれも公刊をみず、貧窮のうちに死んだ。

ある女流画家だが、若いころ、上村松園のライバルとされ、ひところは画名を並び称せられた。しかし、一方は文化勲章の日本画家となり、もう一方は絵の上手な巷のおばさんに終わった。

ある男の場合、同じく若いころ画家として棟方志功と腕を競い、隣合わせのように住んでいた。たがいに才を認め、恐れ合っていたふしさえある。だが、その一時期が終わったあと、一人はグングン名をなしていったが、もう一人は飲んだくれになった。あちこち放浪して、どこでも鼻つまみ者――。

もうひとりの熊楠、もうひとりの松園、もうひとりの志功である。ほかの人たちもほぼ同じで、もうひとりのラフカディオ・ハーン、もうひとりの魯山人、もうひとりの「フジヤマのトビウオ」――。ゆたかな才能をもち、よく努力をし、みずから工夫してあみ出した方法をもっていた。世に出るのに欠けるところはなかったのに、一方は時代にときめき、他方は世に隠れた。そこにはひそかに生じ、人知れず進行したものがあったはずだ。いったい、それは何だったのだろう？

人によって条件がちがうし、生きた時代もちがう。ある人は貧しさに足をとられた。あるいは時流に逆らった。他人と妥協するのをよしとしなかった。せっかくのチャンスに「中央」に出そびれた。

理由はちがっている。二つ、三つと事情がかさなり、そのうち、その人の出番がなくなった。ちゃっかりと他人がそこに入りこんでいた。

だが、こういった理由は、しょせんは二義的なことのような気がする。もっと本質的なこと、資質に根ざした何かべつのことがあったのではなかろうか。

調べたり、ゆかりの人と会ったりしているうちに、やがて、人はちがっても共通したものが、おぼろげながらわかってきた。ある頑固さ、たいていい人からいぶかしがられ、ケムたがられる特性である。それが誤解させ、人を遠ざけ、世に埋もれさせた。

頑固に自分を変えない。言い回し上手に自分を言いくるめない。世間的尺度に、しなやかに合わせることもしない。「一番にならない生き方」というより、一番・二番のラチ外にあるような頑固さ。大切だと考えるものへの一途なこだわり。度をすぎるまでのかたくなさ。世に合わず、役に立たない頑固さ。とともに、それがあって、ようやくとどめられる人間の尊厳。途方もない純真さと童心。世評へのこだわりが少ないというよりも、ほかに心を満たすものがあって世才にまでまわらない。

実をいうと、タイトルに追加した「隠れた異才たち」はイツワリである。隠れてなどいない。それが証拠に、私はそれぞれの人に、さして苦労なしに行きついている。生きているときは、華やかな現在をつかまえそこなったが、未来はしっかり捉えていたらしく、多少は後ればせながら、世にあらわれた。遅かったぶん、より印象深くあらわれ、世評にもまれていないせいか、卵から孵ったヒナのように初々《ういうい》しい。

ついでに報告しておくと、人生の落第坊主をハラハラしながら身近に見守っていた人たちがいて、なんともうれしい出会いをした。その人たち自身がいたって個性的で、どうかすると、主人公以上に世俗にうとく、話を聞いていて、こちらがハラハラしたものである。

（「文藝春秋」十二月臨時増刊号）

神さまへの手紙

なさざる所あり
藤沢周平と二人の恩師

阿《あ》部《べ》達《たつ》二《じ》
（元編集者）

昭和十六年春、青龍寺《しょうりゅうじ》尋常高等小学校（山形県東田川郡黄金村）に佐藤喜次郎という先生が赴任してきた。

中国との戦争はもう四年つづいており、この年十二月には米英と開戦することになる。その緊迫した空気のなかで四月、小学校は国民学校と改称されるのだが、東北の村々にはまだ戦前の秩序が保たれていた。平たく言えばのんびりしていたわけである。

佐藤はそののんびりした空気が気に入らず、全校にびしびし気合いを入れ始めた。

「そのころ、喜次郎先生の怒号する声が校舎にひびかない日はなかった」（藤沢周平『半生の記』）

佐藤が最も活躍するのは朝礼で全校生徒の分列行進に号令をかけるときであり、それはまた高等科二年小菅留治（藤沢周平）の最も悲惨な時間でもあった。不幸なことに小菅は級長をつとめていた。

「クラスごとに四列縦隊をつくり校庭を行進するのだが、高二の先頭に立つのは私である。私の本質は非同調のはみ出し者で、こういう晴れがましい恰好は苦痛以外の何ものでもなかった。腕の振りも鈍ろうというものだ。するとたちまち壇上の喜治郎先生から『高等二年の級長、元気ないぞ』と、ドスのきいた叱咤が飛んでくる。全校生徒の前で、私はたびたび恥をかいた」（同前）

佐藤は小菅のクラス担任でもあったから、小菅が恥をかいたのは朝礼のときだけではなかったろう。軟弱な小菅（のち一時《いっとき》、軍国少年にもなるのだが）はしばしば佐藤の槍玉にあげられ、従って佐藤と打ちとけた会話などかわしたことなどはなかった。

佐藤は同僚からも敬遠されていた。

たとえば山形の年中行事である芋煮会（野外で大釜に里芋、豚肉、野菜などを煮込んで大勢で食べる）には自分独自の方法を採って、例年通りの手順で準備していた教師や上級生を憤慨させた。しかし面と向かって佐藤を難詰できる教師はいなかった。

その佐藤が十七年春、卒業期が近づいてくると小菅に中学進学をすすめ、乗気でないと見てとると親を説得し、自分でサッサと手続きまで済ませてしまった。

もともと小学校高等科は、経済的に中学へは行けないがもう少し勉強したいという子が進む課程で、中学へ行く気と行かせる力が親子にあれば尋常六年修了で受験するのである。従って親の説得も容易ではなかったろうと思われる。

こうして小菅留治は県立中学校へ進んだ。佐藤はその後間もなく召集され、大陸で戦死してしまう。中学へ進まなければ師範学校へ進むこともなく、作家藤沢周平の生まれる可能性は限りなくゼロに近かったろう。

尋常科には宮崎東龍という先生もいた。こちらもこわいと評判の先生で、五年生で担任になったとき小菅留治は重度の失語症になった。一歩教室を出るとことばは苦もなく流れ出、教室でも音楽や図画の時間は困らなかった。宮崎は国語の時間、小菅を音読に指名し、声の出ない生徒を悲しげに見つめ、嗤《わら》う級友たちを叱りつけた。

しかし宮崎は授業時間に、ときには学校の裏山へ生徒たちを連れ出してユーゴーの『レ・ミゼラブル』を読んで聞かせた。すでに『快傑黒頭巾』や『神州天馬俠』、『亜細亜の曙』を熟読していた小菅少年はこのとき、小説にはもう少し高いもの深いものがあることを知った。十一歳年上の姉の本に手を出し、読書量は飛躍的にふえていった。宮崎はまた綴方に丁寧な添削をほどこし、しばしば褒めることで少年に書く喜びを教えた。

小菅留治がいつごろ師範学校進学の志を固めたかは判らない。しかし長ずるに従って二人の先生の恩というものを実感し、自分も教師になろうと思い至ったに違いない。

横暴で独裁的だったが教育者として見るべきものを見、なすべきことをなした佐藤の無償の情熱――後年、藤沢は「背は低いけれども厚くて幅ひろい胸を持ち、浅黒く目尻の上がった美男子」であった佐藤を尋常でない懐しさで思い出すことになる。

そしてこわいという評判で全校に畏怖されながら、小菅の失語症を気づかい、読む喜び書く喜びに目を開かせてくれた宮崎――宮崎もまた召集を受け、のち満蒙開拓団に入り、戦後帰郷したが不幸な死をとげた。東海林太郎にもハーモニカの宮田東峰にも似た風貌の持主だったという。

それでは藤沢は、教師を聖職と考えただろうか。否である。

それは藤沢の二年間の教師体験からくるのだが、「そのときの多忙はほとんど肉体労働にひとしいものだった」（『聖なる部分』）。戦後の学制改革、教育内容の一新に戸惑うベテラン教師たちは、山形師範を卒業して赴任した新任教師を頼りにし利用し、仕事を押しつけたらしい。二年生の担任でありながら高校を受験する三年生のために西洋美術史の授業をし、これも担当でない英語の授業もした。藤沢の発病はあの過労が原因だといまも信ずる人もいる。教師は労働者だ、と思いながらもしかし藤沢は「担任して一年近くたったころに、私は自分が、ただ労働に見合う報酬を得るのが目的で働く労働者ではなく、何か割り切れない聖なる部分をふくむ職業をえらんだのだということにも気づかざるを得なかった」（同前）

二十年後、教師小菅は作家藤沢周平に変身する。作風は暗鬱なものだった。それは藤沢が抱える鬱屈、怨念、悔恨を一気に吐き出そうとしたからだった。本は全く売れなかった。しかしごく一部にはその暗さの先に、将来この作家が読む人に勇気と安らぎと愉楽を与える作品を書き出す予兆を見てとる人もいた。

作風はやがて徐々に変っていった。それは藤沢が「自分が書くような小説でも読んでくれる人がいる以上、少しは楽しんでもらわなければならない」と考え始めたからである。幼い日、『快傑黒頭巾』『神州天馬俠』から受けた血湧き肉躍る思い、宮崎東龍が読んでくれた『レ・ミゼラブル』の感動――それを今度は幾分ずつかでも自分が読者に伝えていく番ではないのか。こうして例えば『用心棒日月抄』が生まれ『隠し剣秋風抄・孤影抄』が書かれ、『蟬しぐれ』『三屋清左衛門残日録』へと結実していく。

われわれは藤沢の小説からいろんなことを学び取る。武士の克己、商農の勤勉、友情、男女の愛と別れ、自然の脅威と恵み、人生の愛憐……。

「といってもこれが人生だという説教を私は好かないので、うしろにぼんやりとそれらしきものが見える小説が書ければいいとねがうだけである」(「たとえば人生派」)

そう、藤沢は、「こうすべし」「かくあるべし」とは書かなかった。いつも読む者がおぼろげに、ある時ははっきりと勝手に読み取るのである。

唐突だが、あの温厚な風貌と言動にもかかわらず藤沢周平は狷介《けんかい》な人ではなかったかと私は思っている。「狷」は漢和辞典によると「心狭い、片意地、融通がきかない」とある。しかしまた古いものの本には「狷はなさざる所あり」とある。

今日われわれはもはや漢文のニュアンスを正確にとらえることは出来なくなっているが、「なさざる所あり」は単に「しない」というのではなく「死んでもやらない」という強い拒絶の意志を示すらしい。

新聞や雑誌で「男の美学」と称して洒落た小物や高級な嗜好品を奨めることがある。美学とは「○○をする」「××を持つ」ということではなく、「○○をしない」「××を身につけない」ということではないのか。——「なさざる所あり」である。

藤沢がクーラーをつけなかった(晩年は来客のためにつけた)、別荘や車を持たなかったという形而下のことを言っているのではない。「説教をしない」ということが藤沢の美学（ということばさえ嫌ったろうが）だったのではないか。もちろんそれだけではなく、他にもいろいろな「死んでもやらない」ことを持っていただろう。しかしそんなことは本来、書くことでも人に語るべきことでもないから藤沢がなにを禁じ手にしていたかは判らない。

佐藤喜次郎も宮崎東龍も、小菅少年になんの訓戒も垂れなかった。ただ行動で示して去って行った。懇切丁寧な教えや胸倉をとって叱咤することもときには必要だが、人は往々にして無言の背中から、語っていないことから、学ぶようである。

（「文藝春秋」十二月臨時増刊号）

経歴詐称？

長《おさ》田《だ》弘《ひろし》（詩人）

わたしは、福岡市の生まれで、東京大学卒業で、かつてトロツキストだったらしい。そして、一九七二年以後著作はないが、のちに北海道新聞の論説委員となり、最近は『失われた時代』など創作に意欲的であるらしい。

文章を書くと、新聞や雑誌にプロフィールとして略歴が付せられる。しかし、事前に、そうしたプロフィールを目にすることはまずなく、掲載された新聞あるいは雑誌が送られてきて、はじめて、わたしはこういう者なのかと仰天することがある。

いま挙げたわたしのプロフィールの略歴は、ここ五年あまりに活字になって人目にふれたものからの、根も葉もない間違いをいくつかつなげたもので、すべて真っ赤な嘘で、まったくの経歴詐称。どうしてこうした詐称がしきりに生じるのだろう。

どうやらインターネットがゆきわたるようになってからの、データの間違い、入力間違い、読み違い、勘違いなどにくわえて、出力した文章を手直しするときの誤りがくわわって、真っ赤な嘘のプロフィールができあがるのらしい。

　正しくは、わたしは、福島市の生まれで、早稲田大学卒業。かつてトロツキストだったというのは、かつて雑誌の略歴に、トロツキーの研究者として知られるわたしと姓が同じで名は一字、しかしその一字は違う人の略歴が誤って掲載されたことがあり、訂正は次号にでたはずなのだが、最初の誤りがさらなる誤りをみちびいたのかもしれない。

　経歴詐称を、するのでなく、知らないどこかで、されている。どう処すべきなのか。一九七二年以後著作はないというのも、新聞社の人名事典といったもののわたしについての記述が一九七二年で終わったままになっているためらしい。杜撰《ずさん》なことにずっとそのままらしく、たぶんこの事典に因《よ》ると思われる間違いや迷惑が、もっとも頻繁に生じる。

　北海道新聞の論説委員というのも、どうしてそういう間違いが生じたかわからない。同姓同名の論説委員がかつていたという風説もあるが、本当だろうか。『失われた時代』は、わたし自身の著作ではあっても、それは紀行としてのエッセー。タイトルだけで勘案して創作にしてしまったらしいけれど、こうした間違いは、実はしょっちゅう起きる。

　長田という同姓のためだけで、係わりない名ある先人をもって父と目した人もいて、そのように他の人も巻き込む間違いとなると、ただ困惑するばかりだ。一度の間違いは笑って済ませられても、インターネットの時代には、一度のデータの間違いは複写され、転写され、転送されて、どこまでも連鎖してつづくらしく、しかも間違いが何に因るものか、推察しかできないから、正すこともできない。

かつて間違いは人間的なものだった。いまでは間違いは人為的なものになっている。

（「東京人」二月号）

いのちをみつめる

黒岩《くろいわ》　徹《とおる》
（東洋英和女学院大学教授）

戦友と思っていた男が昨年末ガンで死んだ。食道ガンからリンパ・ガン、肝臓ガンへと転移した自らの最後のときを、毎日新聞に「生きる者の記録」として綴った佐藤健記者である。享年六十歳。長野オリンピックで二人のリレー式コラムを連載し、互いに原稿を見せ、直し合った。「このコラムを担当する同僚の佐藤健は、日本人離れした魅力的容貌である。彼が長野市内の果物店でミカンを買おうとしたら、店員が『この外人、日本語がうまいな』とつぶやいた。別の店員が彼に『どこの国？』とゆっくり聞いた。いたずら好きの彼は『チベッタン、チベッタン』と叫ぶ。店員たちが集まって『そんな国あるか、チベットじゃないか』と額を寄せ合っている。『どこでもいいや、ともかく外人だ。まけてやれ』と店主らしき男が命令した。ガイジン優先の思想がナガノにみちあふれている。オリンピックを成功させようと県民が燃えているのだ……」と書いた。

彼と一緒に仕事をしたのは、わずか一度だったのだが、互いに記者として尊敬に値する、と認め合い「われらは戦友」と言い合う仲になった。その彼が末期のガンになったことを新聞に連載し始めたとき、自分の体験が鮮烈に蘇った。四年前、私もまた医師から「肺ガンの疑いがあります」と宣告されたのである。

ガンを宣告されたものは、だれもが死を思う。自分の生きてきた過去を振り返り、死の意味を自らに問う。けっして解決のつかない、自問自答を繰り返す。

戦争取材中、爆撃を受けてこれで死ぬのか、と思ったことがある。革命や騒乱の取材で危機的瞬間を迎え、これが生の終りか、と判断したこともある。だがそれは瞬間的な覚悟であり、危機が去れば、助かった、と安堵できる。むろんそれによって生や死を考えるきっかけになる。だが、ガンかもしれない、と宣告されると死が瞬間のものではなくなる。日常的に死が自分のそばにやってくる。食事をしても家族や友人と会話しても、テレビを見ても、その奥に常に死がこちらを見つめている。もう見ないでくれ、と叫びたくなるが、けっして去ることはない。この心の葛藤に苦しみだすとなかなか抜け出せなくなる。まだ肺ガンと決まったわけではなかったのに、すでに死を覚悟して苦しんでいた。

苦しみの中で、到達したのが、自分で死を見つめようという心境だった。いずれ人は死ぬ。イギリスのことわざにあるように「税金と死だけはだれもが逃れることはできない」のなら向かい合う以外に手はない、との気持ちだった。そして、ガンや死に関する本を買い込んで、手術のために病院に向かった。分からない問題、知らない課題に出会うと、本をひっくりかえす習慣だったからである。

かつて新聞特派員としてロンドンにいたとき、イラン・イラク戦争が発生し、イラクに飛ぶよう指示された。ロンドンの書店に駆け込んで「イラクに関する本ならなんでもいいから買いたい」と言ったら、事情通の店員が「ジャーナリストの方でしょう。分かっています。たった今、イギリスの記者がイラクに行くといって沢山本を買って行きましたから」とイラク関係の本を何冊か出してくれた。初めて行く国のことを付け焼き刃でもいいから知っておきたい、というジャーナリストの要望に日頃応えてきた本屋のプロだった。イギリスで何度、こうした本屋のプロに助けられたことか。知りたい情報を得るために、知りたい疑問を解くために、本屋でプロの店員に聞くと様々な本を出してくれた。書店にないときは、別の店を紹介してくれた。彼らの手を通じてどれほど多くの情報を得たか、どれほどイギリスを知ることができたか。

だがガンや死に関する本の場合は、事情が違った。岩波新書だけでも、『がん告知以後』（季羽倭文子）、『がんの治療』（小林博）といったガンものやベストセラー『大往生』（永六輔）、『弔辞』（新藤兼人）など死に関する本はかなりの数にのぼる。そうした本を繰り広げると今まではまったく違う読み方をしている自分に気付くのだった。イラクについての本を読む場合、知識欲を満たすため、あるいは直接引用できるような事実、文章を見つけるためだった。小説や詩を読む場合は、感動を得るためか、暇をつぶすためだった。だが、今回は、ガンを患ったものの声を自分の奥底にある不安と共鳴させて、自分の残された命をどうすればよいのか、と読みながら自問自答していたのである。死というものに直面した人々の態度を知ることによって、死の意味を、換言すれば、生の意義を自分の心に問う作業をしていた。残された人生をどう生きればよいのか、人間としてまっとうな死に方とはどんなものか。読書がこれまでとは、まるで違う形で迫ってきた。

その過程で、ロンドンのセント・ジョセフ・ホスピスで取材した医師の言葉を思い起こすようになった。医師は、末期ガンの患者に生きる時間がそう長くはないことを伝えるという。残された命を有意義に過ごしてもらうことが患者にとって必要なことである、との判断からである。

〝宣告〟を受けた患者は以下のように反応すると医師は語った。第一段階は、ショッキングなニュースにだれもが驚愕する。第二段階として患者は、この状況を救うことができない医者に対して怒りをぶつける。第三段階として死期が近いことを認めるが、もう少し生きる時間を与えてほしいと医師に懇願する。それでも見込みがないとなると、第四段階として、生きる望みを絶たれてひどく落ち込む。

しかし第五の最終段階で多くの患者が立ち直る。死を前にして自分の人生には意義があったと悟り、顔に輝きを見せる。立ち直る契機はなにか。だれもが自分の人生を思い起こし、他人のために、社会のために、なにか役立ったと感じたときに人生の意義を感じるようだ、と医師が指摘した。人生の最後で人間の顔が美しく輝くとはなんと神々しいことか。人が死んで仏になるというのは仏教の思想だが、医師の説明を聞いていると、末期ガンの患者たちは、苦しみ抜いたあとに仏になっていくのではないか、とさえ思えてくる。

看護婦だったイヴォンヌさんの話も衝撃的だった。彼女の娘のリサは、六歳のとき小児ガンとなり、三ヵ月の命と言われた。だが、イヴォンヌさんは、自分の介護によってリサの命をできるかぎり引き伸ばすことが自分の責務である、と誓った。ガンに冒された娘は、痛みの中で泣き叫んだが、そのときイヴォンヌさんは、歯をくいしばりながらも娘に鎮痛剤をあたえなかった。鎮痛剤を使った場合に命が縮まることを、看護婦として熟知していたのだ。代わりにリサが痛いと叫んだとたん、痛みを感じる体の部分をさすってやった。リサの痛みがひくまで、あるいはリサが苦痛を我慢できるまで静かにさすってやった。夜中でも昼間でも痛みがリサを襲ったとき、つねにそばに母親がいた。リサは、母親の必死の看護で奇跡的に持ち直し、ときには学校にかよえるほどまでになった。

だが激痛がしばしばリサを襲う。その度に母親は、看護婦の仕事でどれほど疲れようと、夜でも朝でもリサをさすった。自分の叫びが寝ている母親を起してしまうことに気付いたリサは、痛みが襲ってくると声を殺して耐えようとした。それでも母は飛び起きてリサをさすった。母の献身的な愛に支えられてリサはその後六年間、十二歳まで生きた。

最後の瞬間にリサは、母を見つめ「ママ、ママになにもしてあげられなくてごめんね」といった。母は別室で声を殺して泣いた。死の直前で母のことを思いやる娘の心にいたたまれなかったのだ。子供でも死の直前、母のためになにかしたかった、と希求したのである。この話は、今年一月に出版した自著『イギリス式生活術』(岩波新書)の中で記したが、リサは、他人のためになにかしたい、それが生きている価値である、と本能的に悟ったのではあるまいか。

ホスピスの医師やリサの話は、死に立ち向かおうとしていた私に、もう一つのことを思い起こさせた。米国の女流詩人エミリー・ディキンソンの詩である——。

一つの心がこわれるのを止められるなら
私の人生だって無駄ではないだろう
一つの命の痛みを癒せるなら
一つの苦しみをしずめられるなら
一羽の気を失った駒鳥を
もう一度巣に戻してやれるなら
私の人生だって無駄ではないだろう。

（長田弘訳）

肺ガンの手術を受け、麻酔から目が覚めたとき、喜ぶ家族の顔を見た。ガンではなかったわよ、といった妻は涙に濡れていた。右肺の五分の一を切除されたが、医師の診断はガンではないだろう、となった。その瞬間、これから人のために生きることも心しようと決意した。そんな気持ちを持ち続けていたときに、〝戦友〟佐藤健の死を知った。彼はおそらく自らの末期ガンの体験を活字にすることによって多くの人に、死を、そして生きる意味を考えさせる機会をつくった。彼は人のために生きたはずである。

肺ガンの手術を受けながら、ガンではなかった自分はどうなのか、どれだけの人のために生きてきたか、いま自問自答している。

（「図書」四月号）

歩み入る者に　やすらぎを

中川《なかがわ》忠夫《ただお》
（元日本興業銀行員）

昨年（二〇〇二年）は満年齢でも喜寿をむかえる歳であったが、思いがけないことから心臓のバイパス手術を受けることとなった。事の始まりはこうである。その年の正月、老妻とこんな会話をしたのを覚えている。

「あなたが高血圧の薬を毎月もらいに行っているクリニックには入院設備はないわよね。何処か提携している病院もないようだし、夜中に急に具合が悪くなったら、何処へ連れて行ったらいいの」

知人に相談したら、心臓専門医のO先生を紹介してくれた。新宿のS病院にO先生を訪ね、緊急時の入院について承諾を得た。ところが、この病院の検査で図らずも、心臓の左冠状動脈の上部に狭窄があることがわかり、すぐ、二本のバイパス手術が必要ということになった。

四月二十六日から五月十四日まで入院した（手術は五月二日）。私にとって、入院生活というものはこれが初めてではない。これまでに何度か経験した。近いところでは六年前、ある大学病院に前立腺肥大の手術で二週間入院したことがある。入院生活というものは何処でも大体同じようなものであった。しかし、今度ばかりはすこし違っていた。看護婦の態度が、である。

看護婦が病室に来る時の仕事は、通常の場合でもその範囲はきわめて広い。スケジュールの説明、問診、検温、血圧測定、注射、採血、投薬、傷口の治療、食事の世話、身体の清浄、ベッドの整備、等々。日勤、夜勤、早出、遅出の交代勤務があり、その都度担当患者について懸案事項を申し送らねばならず、傍からみていても大変に忙しい。そのためか、ともすれば患者に接する態度に情が通っていないように思われることが、これまでは、しばしばあった。そしてそれも仕方ないことかなあと思っていた。

S病院で先ず気がついたのは看護婦の言葉遣いであった。検温、血圧測定等のあと必ず「有難うございました」という。最初は聞き間違いかと思った。病院内の日常の仕事について患者から看護婦に「有難う」という言葉はあっても、看護婦から聞いたことはなかったからである。しかし看護婦が行う仕事について協力した患者に礼をいうのは当たり前の事と考えたら何らおかしいことではない。患者が『病人』である前に『人間』であるということを認識すれば当然のことといえよう。

入院中にこんなことがあった。四時間に亘《わた》る手術のあと、集中治療室からさらに自分の病室へ戻った時のこと。身体には、まだ何本ものチューブが繋がれていた。鼻には酸素吸入用、右腕に点滴用一本、腹部にはドレイン三本（手術後、薬の影響で心臓周辺の組織から汗のように出てくる血液を体外に出すため）、下腹部に排尿用一本である。夜半、麻酔の故か夢うつつで、私は煩わしいこれらのチューブを外し始めた。一方で、もう一人の自分がナース・コールを押していた。

夜勤の看護婦が飛んできた。手早い処置のお陰で大事にはいたらなかった。この人の名はKさん。気配りの行き届いた人で、病気についても詳しかった。ベッドの脇で何かを説明する時にはしゃがんで、目線の高さをこちらに揃えて話をした。また病室から出る時は必ず「有難うございました」と挨拶をしていた。

若い男性の看護士もいたが、彼らもまた病室への出入りや廊下で出会った時には必ず、患者に対して挨拶を忘れなかった。

病室を離れてレントゲン室や心電図室へ行くことがあった。これらの部屋では、たとえ顔なじみになっている技師や看護婦であっても常に、患者の姓名をきちんと尋ねて本人を確認し、過誤のないようにしていた。検査終了後に患者にする挨拶もまた気持の良いものだった。この病院では医療ミスなど起こるはずはないだろうと納得した。

最近、ホテル・オークラが、病院や老人ホームなどの職員を対象に接客サービスの研修事業を始めるという新聞記事を見た。それによると「正しい言葉遣いやもてなしの手法などを教える専門チームを近く設ける。サービスの質の向上に取り組む医療・介護機関向けにニーズは大きい。……事業化に先立ち、オークラでは東京女子医科大学病院（東京・新宿）から研修を受託」、事務・受付スタッフなど医事課職員については実施済、現在も放射線技師や薬剤師、管理部門職員などを対象に教育中という（六月十四日付日本経済新聞夕刊「もてなしの心　病院に指南」）。

この記事を読んでいて、ドイツの美しい観光名所ローテンブルグという中世都市の城門に刻まれていたある言葉を思い出した。丁度十年前に妻と一緒にこの地を訪れたのだが、それは今でも忘れられない旅の一つとなっている。

町の中央広場に面して鐘楼を持つ市庁舎がある。その高い塔から眼下の城門の櫓《やぐら》、教会の尖塔、急傾斜の赤い瓦屋根などの美しい景色を見下ろしたときにはすっかり感激した。この町は城壁に囲まれて、丁度天狗の横顔のような形にみえる。この天狗の首の付根あたりの南の端にシュピタール門という出入り口があり、円形の堡塁《ほうるい》を二つ8の字形に連ねた堅固な要塞になっている。この堡塁の石壁に『Pax intrantibus, Salus exeuntibus』（歩み入る者に　やすらぎを　去り行く人に　しあわせを）と刻まれている。

私は、体調を崩して生憎《あいにく》ホテルで暫く休養していたので市内観光のツアーに参加出来ず、この言葉を直接確認しに行く機会を逃してしまったが、有名な日本画家の東山魁夷さんの著書『ドイツ紀行――馬車よ、ゆっくり走れ』にこれが紹介されている。東山画伯は若い頃ドイツに絵の勉強のため留学し、ローテンブルグを初めて訪問した時この言葉に出会い非常に感銘をうけたという。著書には三十五年後に訪れたその時の様子を「厚い石壁の堡塁に護られたこの城門に刻まれた言葉の意味を味わいながら、一歩、一歩、町の中へ足を踏み入れる」と書いている。

ドイツの旅行から帰ったあと東山画伯の本を読んで、この美しい町を愛し、美しく保存しようとしているローテンブルグの人達のことを知った。この町での温かいもてなしを思い出して、いつの日かもう一度訪れたいと思ったものである。

シュピタールというのは英語のホスピタルで、中世都市における市民の病院であり、仮宿泊所、老人ホーム、旅人のための救護所でもあったという。中世の都市はたいてい規模の違いはあれ、シュピタールを持っていたようだ。

『ホスピタル』という言葉の仲間にホスピタリテイがある。ホスピタリテイは辞書には「人を温かく親切にもてなす心」とある。かつて、ある設計事務所の人から設計思想としてのホスピタリテイについて話を聞いたことがある。この言葉は、さらに「人に優しい」「人の為に考える」「人を喜ばす」ということを意味しているという。従って、例えば高齢者や障害者の人にとって安全で使い易いように設計すること、具体例として、ビルへ入る階段の脇に緩やかなスロープをつけるとか、幅の広すぎる通路には使い易い位置に手摺を取付けるとかがこれであるという説明だった。

前に述べた、病院に対するサービス研修の記事によると「従来は患者に対する医師や職員の思いやりが足りず、言葉や態度が乱暴だったり粗雑だったりする例があった。患者や施設入所者なども『お客様』ととらえてサービスを提供するよう、職員の意識改革につなげてもらう」とあった。

また、聖路加国際病院理事長・日野原重明さんは「医療が患者にやさしく豊かなものになるには、医師の意識が変わらなければならない。誤ったエリート観から患者を見下し、診てやっているんだという態度の若い医師を相変わらず目にする。それが『病んだ患部を診て、病んだ人を診ない』姿勢につながり、医師不信の風潮を助長しているといえないか。そんな医師に私は『患者さんは、医学しか勉強してこなかったあなたより教養があり、人間的にも成熟している。たまたま病気になったために、医師のあなたに頭を下げているだけなのですよ』と諭している」といっている（六月十六日付日本経済新聞朝刊「医師の目」）。

多発する医療事故に国民の批判が集まり、患者側から病院に対して自身のカルテの閲覧をはじめ、情報公開を求める声が高まってきている。医療側でもこれに応えようとする動きが出始めているようだ。

このような改革への幾つかの試みが一日も早く軌道に乗り、患者が安心して、何ら躊躇することなく病院に行けるようにして欲しいものである。

私の場合、重大な心臓疾患が手遅れにならないうちに判り、手術も成功した。入院中は気持よく療養もできた。大変幸運だったと思っている。しかしこんなことが、運がよかったからだというのではなく、誰にとっても、何時でも、何処の病院でもごく当たり前だというように早くなってもらいたいと願っている。

「病院に入る者に　やすらぎを　病院を去り行く人に　しあわせを」


（「葦の手帖」第八号）

線路の果てに

比企《ひき》寿美子《すみこ》
（エッセイスト）

巨大な航空母艦が停留する岸壁で妻と子供をひしと抱き、別れを惜しむ水兵たちの映像がテレビに映った。妻はしきりに涙を拭い、わけのわからぬ幼子は不安げに父親の肩に頭を押し付ける。中東で繰り広げられる戦争騒ぎに、多くの人々、ことに母たちは胸を痛めた。ベトナム戦争の時沢田教一が撮ったメコン河を渡る母子の写真は、子供の見開いた瞳が発する強烈なメッセージ故にピューリッツァー賞に輝いた。今回テレビに映るアラブの子供たちの目は大きく潤んでいて、見るものはいっそう哀しい。その幼子たちの目の中に、私は自分の子供時代を重ねる。

幼稚園へ、何時くるかわからない空襲に備えて防空頭巾と水筒を背中に括《くく》り付けられ通った。いざ敵機が来襲した時は、皆が寝静まった深夜だった。私は寝巻きの金魚模様の浴衣一枚で、同居していた大学生の従兄に手を取られ、落ちてくる爆弾を避けながら、必死で逃げ惑った。

この夜に私の心身に深く染込んだトラウマは、空襲警報のサイレンの音、人が焼ける臭いとB29の地獄へ誘うような爆音である。ばらばらに逃げ、命を取り留めた家族がひとまず入った仮の宿で、防空壕で焼死した祖父母の遺骨を納めた海苔の空き缶が数本、みかん箱の上にかけた白布に置かれた。見るたびに不気味で、おびえては母の膝にひしと顔を伏していた。

幼児体験は、大人になるまで風邪で発熱した時の夢の中や、ふと火の中に落ちた髪の毛一筋が燃える臭いを嗅いだ時、まざまざと甦り、訳もなく泣き出したり夜中にうなされたりした。

なぜ罪もない沢山の子供たちが、いわれなく哀しい目にあわねばならないのだろう。歴史を凝視することで、この殺伐とした世界でどう考え、次の世代に何を語り継ぐべきか模索できるかもしれない。そういう意味から、アウシュビッツに行くことを長い間自らに課してきたが、ようやく今年五月、望みが叶った。

海外で美しいものを観ることを何よりの楽しみに旅する友人がいる。その人に「アウシュビッツへ行く」と伝えたところ「変な趣味だなぁ」と一蹴され、挫けそうになった。長崎や広島の原爆記念館から出てきてしばらく動けないほどのショックを受けた私が、果たしてこの旅に耐えられるだろうか。

だが先ず夫が快く同道してくれることになり、ポーランドの友人キーラン氏からも、われわれも是非訪れたいから家族も一緒に行くとメイルが入って、とても心強い。

当日キーラン氏は自宅のあるブロツワフを朝五時半に発ち、三時間もかけクラクフのホテルに来てくれた。夫人と父親、そして十三歳の娘を伴い、総勢六人が乗れる大きなバンを友人に借りてまで、この日に備えてくれた。

私たちは一路アウシュビッツへとひた走る。折から雨がしとどに降り、フロントガラスをワイパーがひっきりなしに動く。

ポーランド語でオシフィエンチム市は、三キロ離れたビルケナウ村と共にひとつの広大な国立博物館として、総称アウシュビッツという名で世界に轟く。完全に整備された大規模の博物館は世界中から多くの人々を受け入れているが、そこ自体が恐ろしく巨大な墓地であるといって間違いない。

一九四〇年にポーランドの政治犯を容れるために創られた強制収容所は、その後狂信的な人々によって、ユダヤ人を絶滅させるための殺人工場群と化した。記録に残っている屠《ほふ》られた人の数は百五十万とある。オシフィエンチムの第一収容所の二〇ヘクタール六万坪、ビルケナウ村の第二収容所は一七五ヘクタール五十三万坪、ここで行われた数々のおぞましい悲劇を淡々と列挙する案内用のパンフレットを見ただけで、めまいがした。

だが目を逸らさず、敢えてその「墓地」を訪れようと思った原点がそこにある。

林の中にある博物館の案内所で、入場券を求める行列に沢山の人々と共についた。入場者は地元ポーランドの次にドイツからの人々が多く、十二歳以下の子供は受け入れていない。まだ自分で物事の判断もできない子供たちに、偏見を植え付けるのは良くないという国家の意向だそうだ。

墓地を訪れるには格好の雨の中、現れたのは周辺の白樺の新芽のように爽やかな中谷剛氏であった。キーラン氏は私たちのために、ただ一人の日本人で公認ガイドの資格を持つ彼に、案内を頼んでくれていた。日本語と完璧なポーランド語での解説は、私達のみならず、初めてここに来た十三歳になったばかりのキーラン氏の娘ソーシャにも多くの情報を正確にもたらす。以前から比べるとすっかり整備されより理解しやすくなったと話すキーラン夫妻は三十年ぶり、その父上は実に四十年ぶりという。

オシフィエンチムの敷地には十一ブロックの建物が並ぶ。始めに案内された建物で「ここで死体を処理しました」と、中谷氏の説明が静かに始まった。そこにはトコロテン突きを大きくしたような鉄の道具があり、それを用いて折り重なる死体を炉の中に送り込んだという。

私は雨を避けるために被っていた帽子を慌ててとった。半世紀以上経っても未だ残っている湿った臭気の焼却室や収容施設を経巡る間、何度もその帽子を取り落とし、そのたびにソーシャが優しく微笑んで拾ってくれる。

「記録では十五万といいますが、ここで処理された人々は実はそれだけではないのです。つまり労働の足しにならなかった年寄り、子供、女性、障害者は、ユダヤ人であるなしに拘らず世界各国から集められ、直ぐに選別され処理されたのですから、その数は何十倍、何百倍あるのかわかりません」

収容された、つまり処理された人々の持ち物が、多くの棟に陳列されている。それらの内容は既に世界中に報道されているのだが、壁面一杯のガラスで仕切られ中に納められた品々を目前にするまで、これほどまでに多量であろうとは全く思ってもみなかった。想像を絶する数のトランク、バッグ、櫛、ブラシ、歯ブラシ、服と靴などが、形や大小、種類別に整然と整頓され、うずたかく積まれている。その前で動かなくなった夫が「あんなかわいい靴が……」と、孫の足を思い出したか絶句する。

有名な髪の毛のコレクションは総て埃っぽい薄茶色に褪《あ》せ、三つ組みのまま切り落とされたものまでもがガラスの向こうにぎっしりと山となって積み上げられ、薄い光で透かし見えるのが恐ろしい。

次の棟に進むと、廊下や幾つかの部屋一面に、三方向から撮った囚人服の人々の写真がびっしりとかけられている。額の中から恨みを含む無数の大きな目に見詰められ、足がすくむ。所々の額に花が差し込まれているのは、ここを訪れた人が額の中に縁《ゆかり》の顔を発見して捧げたものと教えられた。日本では最近、都会には墓地にする場所がなくなり共同の納骨堂を見かけるようになったが、この廊下の雰囲気はまさしく納骨堂である。

強制的にここに送られて、到着と同時に即労働力になるかどうかを、言い換えれば直ちに生死を判別されると、生きる権利を得たものは収容棟に容れられ働ける限り生きられる。いつか見たロンドン塔やベニスの牢獄はここに比べると遥かに人間的で、それどころか家畜小屋よりもずっと劣る。ここでの主な労働とは、生きる価値がないと判断された人々を処分することであった。この収容所に入所すると、人間としての尊厳や価値は一瞬にして無になり、無機質の木偶《でく》となる。この収容所を管理していた者たちは、かくして間接的な手段で人々の命を大量に奪い続けた。

ここまで来ると肩も背中も足も凝り固まって、少し離れたビルケナウに向かうため雨の中でゆっくりと歩を進める内、ようやく呼吸が整ってきた。上を仰ぐと映画の画面や写真等でしばしば目にする「労働は自由をもたらす」という字が掲げられた、有名な収容所の正門があった。

ビルケナウに引き込まれた線路の終点に立つ。野球場のように広いここで、人々は家畜を運ぶものより劣悪な貨車から降ろされ、労働可能者と不可能者を即刻に選別され、各々の収容所へまたはガス室へ追い立てられた。

おりしも南ポーランドは復活祭の一週間後で、花々が咲き始め春を迎えた。収容所の広場でぷつんと途切れた線路にも、小さな野の花が点々と、白く、黄色く咲いている。

収容所の門の外へ向かい線路を目で辿ると、彼方には果てしない自由があり、緑と希望がみえる。そこからいきなり箱車に詰め込まれ、再び扉が開いた時、人々は身につけたもの総て、髪の毛さえも奪われ、そして命までも簡単に無にされた。そういう作業を行ったのは、実は総てを奪われた人々の、同胞であったという。そうしないと生を獲得できなかったというが、恐らくそうして生きるということは、死よりも辛かったに違いない。収容所に引き込まれた線路の果てには「無」しかなかった。

ビルケナウの司令室への長い階段を登る。真ん中が窪んでいるのは、軍靴で力強く登ったからだ。命令を下す側は、何時の時代も痛みを感じることなどさらさらなく、屈託もなく足踏み鳴らすほど元気でたくましい。

見晴らしのよい窓から、絶滅収容所の跡が見渡せる。数え切れないレンガの収容棟が、僅かに基礎だけとなって無数に残った。それ自体で大きな町ができそうな、二百棟を優に超す残骸が広がる。ここにもガス室や焼却室があって、いまも一部に残されていた。今朝、案内所では見学者たちの私語が弾んでいたが、この辺では耳を澄ませても雨音しか聞こえない。

沈黙の中でガイドの中谷氏が、傘もささずに身を正し、最後の言葉で博物館の案内を締めくくった。

「どうか、この残虐な行為を行った国や国民を責めるのではなく、それを行った人間と時代に思いを馳せてください。ドイツからは高校生や大学生が積極的に自分たちの先代たちが犯した過ちに目をそむけず見学をしていきます。日本からこられる方は年配の方々が圧倒的に多いのです。本当は、もっと若い人に沢山来てもらって、人間がどうしてこんな醜悪なことをしたかということをしっかり見究めて、次の世代に戦いの根を残さないようメッセージを申し送ってほしいと思います」

同道してくれたキーラン一家は、ポーランドの歴史を顧みても各々の世代が恐らく辛い思い出を胸に秘めていると思われる。しかし今回それを口に出して物語ることはなかった。黙々と一部屋ずつ展示を確かめるように歩を進めるおじいさん、時々中谷氏にポーランド語で説明を求め立ち止まって食入るように聴く夫妻、やせ細った子供たちの等身大の写真に息を呑むソーシャ、みんなの胸にどんな思いがあったのだろう。

ドイツに家族のように親しい多くの友人を持つ私は、あの人々もこういう状況に置かれた時、同じような行為をするのだろうかと考えた。否、彼らではなく自分自身はどうだろう。そういう時に私は情けないが、コルベ神父を始め幾人かの勇気ある人々のように、人を庇って先に死ぬほど強くはない。だが、せめて人に命令されて戦いの剣は取りたくないと願う。

今年「戦場のピアニスト」という映画が評判を呼んだ。わが国ののんきな平和ボケたちに戦争の悲惨さを教えたはずである。旅行に出発する前、私も映画館へ行った。隣には高等教育を受けたであろう三十代の男女が座った。画面にいきなり無辜《むこ》の人々が殺される場面が展開する。ふたりは固唾を呑んで観ていたが、子供が迫害にあう瞬間「ひでえー」と低く叫んだ。

だがクライマックスに主人公のシュピルマンがひとり瓦礫の中でピアノを弾き始めると、ふたりは紙袋からポテトチップを出し食べ始めた。スクリーンでもテレビ画面でも、彼此《ひし》の間に大きく深い溝が在る。さながら動物園の猛獣と見物人とを隔てる濠に似て、観る側に危機感は全く存在しない。

哀しみは遠いものではなく、直ぐ近くでも起り得る。わが国には、周りを海で隔てられ危機から遠いという錯覚がある。しかし半世紀前、この国でも戦争による悲惨は起きた。

国内で広島や長崎、海外からアウシュビッツで人類の犯した大罪を見ると、素直に平和を祈らざるを得ない。ちなみにオシフィエンチム国立博物館は、ポーランドの南部の都市クラクフを基点に、バス等で一時間ほど西にある。


（「春秋」八―九月号）

「どうか読み飛ばしてください」

久島《くしま》 茂《しげる》
（静岡大学教授）

私の「久島」という苗字は珍しいので、「ひさじま」と読む人がある。また、初めての人に「くしま」と言うと必ず「ふくしま」と間違われる。「福島さん」の方が圧倒的多数だからやむをえない。私の三十年来の親友の親爺さんは今でも私を「福島」と信じているほどだ。「久島」と「福島」が似ているのは、「久島」よりも「福島」の方に原因があって、「ふくしま」の「ふ」の母音が普通東日本では聞こえないために、「くしま」に接近してくるのである。「福島さん」は大抵「くしまさん」という音《おん》を聞いて返事をしているわけで、そう思うと「福島さん」に親戚のような親しみを覚える。

先日、電車に乗っていると、車内放送があって、「死んだ物がありましたら」と言いだしたのでぎょっとした。「車掌までお知らせください」と続いたので、「不審な物」だったと分かってひと安心した。この時、自分の頭の中でどういう解釈が行われたのかを振り返ってみると、恐らく、初め「しんだもの」と耳で聞いたわけではなかったろう。「ふしんな」の「ふ」が「福島さん」の「ふ」と同じ理由で聞こえなかった。それで「しんな物」と聞いたのだが、これでは意味を成さないからあわてて「しんだ物」と解釈をし直した（「あわてて」と言っても無意識のうちにやっていることである）。「な」と「だ」は近い音《おん》だから、こういうことが可能である。しかし、「死んだ物」ならば意味が通るといっても、車内放送ということを考えると異常である。今度は意識的にあわてて正しい解釈をさぐっていると、「車掌まで〜」という言葉が届いて、ようやく正解にたどりついたというわけだ。

こうした場面に出くわすことはいくらもあるから、私たちは日頃耳から入った言葉のいくつかの音が不明瞭で聞き取れなくても、それほど困ることはない。意味を修復する術を身につけているのである。

しかし、時には、ただひとつの言葉の正確な発音が、人の生涯を語ることがある。

私は静岡へ赴任して二十年以上になるが、十数年たった時、大学院の恩師が定年まであと一年というところで、脳の血管障害のために右半身不随に陥った。そして、言葉がご不自由になった。数年後、恩師が叙勲を受け、ホテルで祝賀会が行われた時のことだ。八十人ほどの友人や教え子が集まった中に、恩師は奥様の押す車椅子でお見えになった。最近やや回復に向かわれているということであったが、言葉を思い通りに出せない恩師を前にして、皆控えめだった。何人かの友人の祝辞や昔話に交じって、若い教え子から、倒れられた後も車椅子で大学に通い、定年まで授業を一度も休まずに指導し続けられたことが披露された。やがて会が終わりに近づき、奥様が車椅子をマイクの前に押して行かれた。「どうしても自分でお礼を申し上げたいと申すものでございますから」と、先生のお体を車椅子からお立たせになった。杖を支えにして、マイクの前に立たれるまでに、数分かかった。用意した紙を左手でぎこちなく出し、広げて読みだされるまでにまた時間がかかった。

以前研究室で伺った話ぶりとは様変わりしていた。たどたどしく、まるで、やっと文字が読めるようになった幼い子が一文字一文字を拾っていくような感じだった。その声にじっと耳を傾けているのは、教え子として辛いことだった。それも終わりに近づいてようやくほっとしかけた時、ふいに先生の声がひっかかった。「およ」と言いかけて先が出なかった。「おろろ」と言い直して止まった。「およよ」と言ってまた止まった。「およろこび」と言おうとなさっているのだ。敬語の「お」が付いているために、一層言いにくくなっていた。七回も八回も失敗を繰り返した。息が荒くなり、必死なお姿が熱を帯びていた。ああ先生、その言葉はもう十分分かっていますから、どうか読み飛ばしてください。気にする者など一人もおりませんから。心の中でそう叫んだ時、先生は「およろこびの」としっかりした声で読まれた。……この瞬間、先生の本質が理解できたと思った。先生は敬語研究者として高く評価されていたが、自説を気負って主張したり、相手をやりこめたりすることがなかった。批判に対しても露に反論なさらなかった。講義は用意したノートから逸れることなく進められた。こうした先生のやり方には、学生だった私は物足りなさを感じることがあった。そんな思いは、しかし、この時吹き飛んでしまった。そう思ったことを恥じた。先生の教えて下さったことにはごまかしが微塵もなかった……その有り難さがじかに伝わってきた。誇大や衒《てら》いとは対極の姿勢だった。不自由になられた先生が身をもってそれを示して下さっていた。

その後、私は不義理を重ね、先生のお姿に接したのはこの時が最後となった。恩師とは早稲田大学の辻村敏樹先生のことである。

（「言語」十月号）

ふたつの異なる世界性

岩井《いわい》克人《かつひと》
（経済学者）

少し前のことになりますが、夜遅くテレビのチャンネルを回していると、懐かしい白黒の映像が突如、目に入りました。画面の手前から奥に向かって真っ直《す》ぐ走る板張りの廊下が、低い角度から映し出されていたのです。右側には和室の障子、左側には庭先のガラス戸、正面奥のガラス戸の向こうには垣根らしきものが見えています。

何の変哲もない日本の家屋の映像です。だが、一目で「ああ、小津だ」と判《わか》るのです。どの映画だろうと思って、チャンネルを固定してみると、原節子が歌を口ずさみながら現れ、庭先に干してあった洗濯物を取り入れて、和室で畳み始めます。次に、街灯がともった夕暮れの道を律義な歩調で歩いてくる背広姿の笠智衆が映し出されます。

『晩春』でした。何度も見たことのある映画ですが、目が離せなくなり、そのまま見続けてしまいました。そして見終わった時、以前見た時に劣らぬ感動の中で、眼鏡の曇りを拭《ふ》いている自分を見いだすことになったのです。

今年は小津安二郎の生誕百年・没後四十年にあたり、様々な企画がなされています。私が見たテレビ番組もその一環であったはずです。いや、日本だけではありません。ネットで検索すると、まさに世界中で小津を記念する映画祭が予定されています。

いまや小津は「世界のOZU」です。世界の映画ベスト何々といった企画には、日本からは黒澤明とともに必ず小津の映画が選ばれますし、ヴェンダースやスコセッシやジャームッシュなど、世界中で多くの監督が小津からの影響を公言しています。

黒澤が「世界のクロサワ」であることを理解するのは、難しくありません。

昔、アメリカの大学町の映画館で『用心棒』を見たことがあります。映画のタイトルとともに三船敏郎の後ろ姿が現れ、時おり肩をゆすりながら野道を大股に歩き始めると、それだけで拍手が起こります。敵役の仲代達矢が登場するとブーイングが起こり、決闘の場面で、拳銃をもった仲代の右腕に三船が包丁を投げ刺して勝利すると、それこそヤンヤの喝采《かっさい》です。

黒澤がここで描き出したのは、日本の時代衣装を纏《まと》わせてはいますが、世界の誰もが心を躍らせる、まさに最も「映画的」な物語に他なりません。

同じことは、『七人の侍』や『椿三十郎』といった他の時代劇についても、『酔いどれ天使』や『天国と地獄』といった現代劇についても言えます。事実、『七人の侍』はハリウッドで西部劇に作り替えられ、『用心棒』はマカロニ・ウエスタンに盗用されました。

そして皮肉なことに、世界のクロサワとなった黒澤が、自分の思想や美意識を前面に押し出そうとした晩年の作品はどれも退屈で、その世界性すら失うことになってしまったのです。

これに対して、小津の映画の世界性は一体どこにあるのでしょうか。

若き日の小津は、アメリカ映画の徹底した模倣から出発し、三二年には『生れてはみたけれど』というサイレント喜劇の傑作まで作っています。実際、その頃の小津は「日本人の生活」が「非映画的に出来ている」ことを嘆き、「もっともっと、日本の実際の生活は、映画的にならなければなりません」という願いを表明しています。

だが、戦後に入ると、小津は「日本映画独特の味を発見し、それを生かしていく心掛けの大切さ」を主張するようになります。そして、『晩春』『麦秋』『東京物語』『彼岸花』『浮草』『秋日和』『秋刀魚の味』といった作品を次々と世に出しました。

例えば四九年に発表された『晩春』は、妻を亡くした大学教師と戦争中に胸を患い婚期が遅れた娘の話です。独り暮らしとなる父親を心配して家を離れようとしない娘に対して、父親は自分も再婚するふりをし、縁談を承知させることになるというのが物語です。

ただ、物語自体は二次的な意味しかもっていません。実際、『麦秋』『彼岸花』『秋日和』『秋刀魚の味』といった作品は、いずれも『晩春』の変奏曲と見なすことができます。もちろん、映画ごとに物語は変わります。だが、それらの違いはすべて、娘の結婚式を節目とした家族の離合集散という大きな主題の中に溶解してしまうことになるのです。

その代わりに、小津が克明に描き出していくのは、近所同士の天候の挨拶《あいさつ》や、居間で食卓を囲む家族や、親に盾突く子供です。通勤客を乗せた電車や、タイプライターの音がするオフィスや、盛り場の小さなバーです。小料理屋で冗談を言いあう旧友や、場末の居酒屋で管を巻く酔っぱらいです。「青葉茂れる」を唱和する同窓会や、噂話《うわさ》に打ち興じる女友達です。観劇や旅行や冠婚葬祭です。すなわち、「日本人の生活」そのものであるのです。

驚くべきことは、このような場面場面の積み重ねが、小津の映画を見る人に、まさに最も「映画的」な感動を与えるという事実です。

だがそれは、若き日の小津が願ったように「日本人の生活」が変わって、「映画的」になったからではありません。小津自身が「日本人の生活」をそのまま「映画的」なものとして映し出すことに成功したからなのです。小津の映画自体が、「映画」という枠組みを大きく拡大したからであるのです。

五〇年代、黒澤の『羅生門』を皮切りに、日本映画が欧米の国際映画祭で立て続けに賞を取っていた時でも、小津の映画は「あまりに日本的」で、海外への進出は不可能だと考えられていました。だが、小津自身は、自分の映画の世界性を疑ってはいませんでした。晩年は、キャメラマンの厚田雄春に次のように語っていたといいます。

「嘘《うそ》じゃない。日本の生活の中から俺《おれ》はやっている。だから、日本の生活があんなもんだなっていうことが、なんかね、毛唐もそのうち判るよ」

私が初めて見た小津の映画は『晩春』でした。七〇年代の初め、黒澤の『用心棒』を見たのと同じアメリカの大学町の中です。娘の結婚式の日の深夜、父親役の笠智衆が部屋で一人、皮をむきかけたリンゴを手に持ってじっと背中を丸める場面に至ると、多くの観客が鼻をすすり始めました。「終」の文字に続いて館内が明るくなった時、私は眼鏡の曇りを拭きながら、自分が小津の映画を通して、「世界」と繋《つな》がっていることを実感していたのです。

（「朝日新聞」八月五日夕刊）

名残りとぞ見る吉野山

中野《なかの》孝次《こうじ》（作家）

あんなのは俗物のすることだと若い頃バカにしていた花見が、いつか年毎の大事な節目になったのは、年をとってからのことだった。六十過ぎた頃から、花を見るとなにやら特別な気持がするようになった。あまりにも華やかではかない花を見ていると、見ることいまいくたびぞ、といった思いが湧いてくるのである。

むろんこれはわが人生も終りに近しという気持が、日常ふだん心の中に潜んでいるからだ。年に一度だけ、短かいあいだみごとに咲き誇ってさっと散る桜花が、自然とそういった思いを誘いだす。わたしにおいて花見は、死期遠からずの自覚と結びついているのである。そしてそういう目で見るせいか花見が年毎に味わい深くなってきたような気がする。

若い頃には想像もできなかったことだが、花見にもずいぶん出かけるようになった。五十年前高等学校で一緒だった仲間が、みな今は七十すぎの閑なじじいになって、誘えば気軽に連れ立って花見に行く。ざっと数えても、福島の三春の桜、小田原の桜、市川真間《まま》山《さん》の桜（これらはどれも枝垂桜《しだれざくら》の老木だ）、高遠《たかとお》の桜、吉野山の桜、等々に行っている。

行ったからとてどうということはないのだが、白髪の老人になった仲間五、六人、しきりに花びらの散りかかる木の下に佇めば、「ほう」という呟きとともになにやらの感慨も湧こうというものである。

吉野の桜が、さすがにわけてもみごとだった。関東の大島桜は花が白っぽくさびしいが、吉野のはピンクの色も濃い上に、濃紅色の葉が一緒にひらき、それらが杉山の緑を背景に満山に咲き誇るさまは、やはり天下一の豪奢な眺めであった。吉野といえば西行で、歌のいくつかもおのずと思いだされ、口ずさむことになる。

吉野山こずゑの花を見し日より心は身にも添はずなりにき

西行の花に寄せる思いに近づくべくもないが、それでもその身のどよめくような陶酔のかけらくらいは味わった気になる。そして西行における吉野の花をさして、西行は花に地上一寸の浄土を見たのだ、と言った上田三四二《みよじ》の言葉をわたしは思いだした。が、そう言った上田も今は亡き人の数に入る。

吉野でわれわれが泊った宿は、近ごろはやりの「おかみのいる宿」の一つで、きりりと着物を着こなしたおかみが挨拶に現れ、短冊を置いていったとき、わたしはさっき歩いていたときの心持ちを思いだして、

今生《こんじよう》の名残りとぞ見る吉野山

と書いた。それをあとで声に出して読んだおかみが、さびしい句でございますねと言うと、仲間の一人が即座に、

「そうかな、ぼくは別にそう思わんがな。われわれのとしになると毎日そんな気持で生きているんだ」

と、わたしの思いを代弁するようなことを言った。この男は、早く細君に先立たれたあと、彼自身十数年前に直腸ガンの手術をして、以後ずっと人工肛門をつけている身なのである。

もう一人の男は、数年前細君に急死されたあといつまでもメソメソしているので、高遠の花見に行ったときわたしがどやしつけたら、それでなんとか悲しみから立ち直ったのであった。

老年になっての花見が身に染みるのは、誰しもなにかかにかそういう影を背負っているからである。芭蕉の「さま〲〵の事思ひ出す桜かな」の心持ちなのだ。

外に出ての花見のほかに、わたしには毎年決った人達と行う恒例の花見がある。

神奈川近代文学館の建物の角に、樹齢七十年ぐらいのソメイヨシノの古木があって、横に張った枝ぶりがよく、山田宗睦さんの命名で「芸亭《うんてい》の桜」と名付けた。わたしは十年前、理事長の小田切進氏が急逝されたあとを襲って、その責を継ぎ、怠慢な理事長として評判はよくないが、年ごとにこの芸亭の桜の花見の宴だけは欠かさずやっている。文芸に関係のある記者や編集者を誘って、花を賞でながら酒をのみ、歓談する花見である。会費制の会なのに、いつも大勢の人達が

集まってくれる。

出席するのはみなわたしより若い人達だが、わたしが初めの挨拶のとき毎年判で押したように、またさいわいに一年生を得て今年の花見を迎えることができました、と言うと、案外にこれが中年の人達にも通じる感想であるらしく、いつも神妙な面持ちで聞いておられる。

数年前に、横浜の樹木医が通りがかりにこの芸亭の桜を見て、樹がひどく弱っているのに気付いた。見ると桜の根方に巨大な猿のこしかけがとりついていて、それに樹液を吸われているためと判明した。

そこで直ちにその方の手配で、猿のこしかけを取り除き、あとに水苔をつめ、まわりの熊笹を根こそぎにして養生したところ、二年目には桜は見るからに樹勢をとり戻し、生き返ったのであった。そして桜が再生したのを見れば、見る者までが新しい命を賦活されたような気がして、心が明るくなった。十年も同じ樹の花を見ていれば、桜のいのちがこちらのいのちに通いあうようになるのだ。

日本中各地に桜の名所があり、樹齢何百年という名木が今に存するのは、どこの地でも人々の桜に寄せる思いによほど懇切なものがあって、代々こうやっていたわり、育て、養生する人が絶えなかったからであろう。日本人にとって桜は霊木なのである。それだけにまた、それがいっせいに咲いた時のよろこびは大きく、散る時には無常迅速の感を呼び起すのだ。わたしも芸亭の桜の花見のごとに、「年々歳々花相似たり、歳々年々人同じからず」と、死んだ人、定年で去った人のことを思いださずにいられない。

桜のあまりにも早い散華《さんげ》が、肉体を持って生きている存在は生病老死の因果の律を免れないことをあらためて意識させるのだと、わたしは毎年感じる。そして老いも病も死も免れがたいとあれば、それを認め、受け入れ、因果に徹しきるしかないと、そのたびに覚悟を新たにする。桜が無常迅速の思いを誘うとは、わたしにおいてはそういうことである。花見は、人が生きる所は「今ココニ」しかないことを思い知らせるよい機会なのである。

（「文藝春秋」三月臨時増刊号）

ケア、人間として人間の世話をすること

色《いろ》平《ひら》哲《てつ》郎《ろう》
（佐久総合病院内科医）

「村での大往生は、〝死〟と違うのでしょうか？」

と取材においでになった若い女性記者に訊ねられ、私は、一瞬、返答をためらった。

うかつに答えられないのである。

都会育ちの二十代の彼女は、「村」というコミューニティーのありよう、病院のベッド以外の場所で看取られる「死」のイメージを欠いたままに質問を発しているようだった。

言葉だけの説明では、誤解・曲解されるおそれがある。

死に方を話題にする前に、多少なりとも村人の「生」を知ってもらいたかった。

「お時間があれば、村のご老人に会ってみませんか。その後で大往生についてお話ししましょうか」と私は言い、彼女を長老Sさんに引き合わせた。

実は、村の老人との対話こそ、診療所を訪ねてくる若い医師や看護師の卵たちにも課している「実習」の要《かなめ》なのだ。

Sさんは、庭先でワラジをこしらえながら——この技能は村内でも四人にしか伝わっていない

――戦争や引き揚げの苦難、かつて村をまっぷたつに割って両陣営が竹やりを構えて行った村長選、四季折々の行事や冠婚葬祭の共同体的な意味についてとつとつと語る。

聞いているうちに、それまで「映画のなかみたい」(ある帰国子女の医学生)だった村の風景が、若者たちにも現実のものとして認識されてくる。

やがて世代を超えたコミュニケーションに引き込まれる。

人間には誰しも語るべき歴史と「ものがたり」があり、それを受けとめたところからケア「向き合う関係」が始まる。

このあたりまえなことが、医学知識で頭がカチンカチンの医学生には逆に新鮮に映るようだ。

そして彼らが、「人間=タンパク質の塊」とみる現代医学の対極に、もうひとつの医療現場があることに気づいたら、私たちは死について語り合うことのできる共通の土俵に立ったことになろう。

日本の医学教育では「死は敗北、病と闘え」と教えてきたが、そうではなく「患者と寄り添い、支えあう」、そんな医療が求められている現実に一歩近づく。

私が連れ合いと三人の子どもと暮らす南佐久郡南相木村《みなみあいき》は、長野県の東南端、群馬県境に位置する人口一三〇〇人の山村。

こんな信州の奥山に年間数百人の医学生たちが訪ねてきてくれるのは、村自体が、山川草木に彩られた独特の「保健・医療空間」を形成しているからだ。

日々、村人の健康は、公と私の接点である「縁側」に気軽に腰かけて互いの体調を確認し合うような「顔と顔のつながり」、診療所―佐久病院小海分院―佐久病院本院と二重、三重にカバーするバックアップ体制などで守られている。

医師は、この「安心のネットワーク」の結節点に位置し、村のひとつの役割を担うことになる。こんなケースがあった。

村人はじつによく働く。

夏、命綱である高原野菜の収穫期ともなれば、午前二時ころから畑に出て、夜の八時、九時まで猛烈な労働をする。

心身ともくたくたになった農家の人が、たまに「先生、点滴打ってくんねぇかな」と診療所に来る。

生物学的には、五%のブドウ糖溶液、あるいは〇・九%の生理食塩水五〇〇ccの点滴は、カロリー計算すれば大したエネルギー補給にならない。

市販のアルカリイオン水を飲めばいいとの見方もある。

山村に赴任したての頃、点滴を打つべきかどうか逡巡していた私に大先輩の清水茂文医師（前・佐久病院院長）は「村人の気持ちを察しなさい。点滴は必要なのだよ」と言われた。

点滴を打ってみて、その意味が理解できた。

顔と顔の安心感は、ウラを返せば互いを監視しあい、共同体内の緊張感を高めることにもなる。農繁期、疲労を理由に休んでいると「サボリ」と後ろ指をさされる。

しかし精根尽き果てたら労働が続けられない。

その一歩手前で村人は診療所に来て、「合法的に」一、二時間、静かに横たわり、点滴を受ける。

それは、とても貴重な時間なのだ。

成分分析では推し量れない効果をもたらす。

打ち終わると晴れ晴れとした表情で帰っていく……。

この点滴は、医療行為というよりは、村の医師が担うひとつの役割といえるだろう。

佐久地方には昔から「ピンピンコロリ」という言葉がある。

大病を患わず、高齢までピンピン元気に働いて、コロリと死ぬ。

理想としての健康長寿を端的に表した言い方だ。

では、ピンピンコロリ、すなわち大往生かというとちょっと違う。

少なくとも「畳のうえ」で家族に囲まれ、安らかに息を引きとってこその大往生である。

全国平均で八割超の人が病院で亡くなっている現在、ここ佐久地方では五割以上の方が家で死を迎えている（佐久病院地域ケア課統計）。

これは、物理的な条件もさりながら、畳のうえで死ぬことの文化的価値観、つまり看取りの作法、が地域に息づいているからに他ならない。

たとえば、脳梗塞で本院に入院していた八十歳のご老人は、しばしば嚥下《えんげ》障害（食べ物を飲み下すうえでの困難）を起して気管から肺に食物を入れ、二度、三度と誤嚥性肺炎を併発。

そのつど、抗生物質のレベルをファースト、セカンド、サード・ラインとグレードを上げて投与して抑えたが、いよいよ切札の抗生剤も効かなくなった……。

「次に肺炎を起したら、どうするか……」と本院の担当医から相談された私は、ご老人を村に戻した。

娘さんもヘルパー資格を取り、看取りに備えていた。

患者を病院から家に帰す時期は、医師の専門的見地からの独断というより、村人との顔と顔の濃密なつながりのなかで「そろそろだな」とうなずき合う「呼吸」によって決まる。

これは、簡単には明文化しきれない。

村人たちは、身近に何人もの老人たちを見送った体験の積み重ねから、「そろそろ」の判断を下す。

たいていドンピシャリ。

病態を実に正確に把握しているのには驚かされる。

主治医である診療所長は、患者が畳のうえで死を迎えるまで、足繁く往診に通う。

そして、できるだけ痛みをとり、患者の語りに耳を傾ける。

家族からも長く封印してきた戦争体験や、苦難の思い出をうかがうことがある。

その「心の遺言」は、詳細までを口外してはならない。

枕辺に喜寿の祝いで集まった百人もの親族の集合写真を飾って旅立ったおばあさん、「日本はアメリカの保護国なんだよ」と言い残して亡くなったご老人……。

彼らの死こそ「あっぱれ」な大往生として語りつがれ、生きている者は「わたしもあやかりたい」となるのだろう。

こうして看取りの文化は継承される。

ここでは、〝死〟は「地域化」されている、といえよう。

最近、都会でも「家庭医」の優れた役割が見直されてきた。

優秀なかかりつけ医が、第一線医療で適切な診断、治療を行えば、結果として医療費が抑制されるといった文脈で語られる場合が多い。

しかし、それは家庭医への国民的ニーズの高まりの一面でしかない。

大切なのは、患者に寄り添うケアが求められているということだ。

往診体験のない大学医学部の教官が、家庭医療のあるべき姿を学生に「指導」できるのだろうか……。

先日、村を訪れた医学生からこんな感想文が届いた。

「地域医療について学ぼうと思ったときに、ムラ社会に入っていくことがこれほどまで重要だとは感じていなかった。

むしろ大病院でないことでの診察・検査・治療上の有利、不利にばかり考えがいっていた。

毎日、村の人のお宅にお邪魔して、ゆったりとお話を伺うことで、村人どうしの微妙で濃密な歴史と関係性を感じることができた。

それは『感じる』しかなく、『知る』とか『理解する』という類のものではなかった」

一方、長老のSさんは、こう言う。

「学生と話をしていると昔の記憶が、鮮明に甦ってくるね。こないだも、戦後の米や酒、塩なんかの配給切符のことを思い出した。ボケなくていいよ。もっといろいろ若い世代には伝えたいことがたくさんあるんだ」

思い出療法、といえようか。

街にも、見えにくいけれど、村に似た地域の原型が残され、歴史を背負った高齢者が地域に生きている。

彼らに医者はどう向き合っていくのか。

信州の山奥の村だから特殊なのだ、と言われるかもしれない。

だが、その特殊さ、個別性のなかにこそ、人間の普遍性が脈打っていることもあるのではないか。

（色平哲郎氏のホームページ　http://www.hinocatv.ne.jp/~micc/Iro/01IroCover.htm）

（「文藝春秋」七月臨時増刊号）

銀座行、駅馬車に乗って。

大《おお》林《ばやし》宣《のぶ》彦《ひこ》
（映画作家）

銀座と謂《い》えば、小津安二郎さんの映画を思い出しますね。

鎌倉辺《あたり》の小さな駅から電車に乗って、コトン、コトトン、と軽快な走行音に身を委《ゆだ》ねて居《い》ると、やがて車窓には、銀座のビル街が見えて来る。

オフィスの一室に入れば、白いYシャツにネクタイ姿の佐野周二さん（関口宏さんの父君ですね）が此方《こちら》を振り返って、「やあ、如何《どう》だい？　君」。

然《そ》うかと思うと、未《ま》だ若い原節子さんや有馬稲子さんなどが、明るい喫茶店の窓辺で顔を見合せて、「あら、然《そ》うかしら？」、「然《そ》うよ、然《そ》うだわよ」、ときちんと膝を揃《そろ》えたスカートの上で、掌《てのひら》を組み合せ小首を傾げて、愉《たの》し気に会話している。

穏やかで物静かで、時には沈痛な表情さえ浮べる事も有る小津映画の登場人物達でさえも、銀座に来ると言うと、何やら心も明るく、弾《はず》むのだ。

其等《それら》の場所を皆《みな》、銀座と呼ぶのは乱暴の様《よう》だが、当時廣島県の尾道と謂《い》う港町の、丸《まる》で露地の様《よう》にごちゃごちゃと小さな商店が立ち並ぶ金座街の活動小屋で、斯《こ》うした画面に胸をときめかせて居《い》た小学生のぼくにとっては、東京も丸の内も、何でも銀座だった。銀より金の方が上の筈《はず》だが、銀座こそは憧《あこが》れの夢であり、我《わ》が郷里の商店街の中の金座は、直《す》ぐに剝《は》がれるメッキの夢でありました。

けれども銀座に向《むか》って心を弾《はず》ませて居《い》たのは、何もぼくの様《よう》な田舎《いなか》の少年許《ばか》りでは無《な》い。当の小津作品のスタッフも又《また》、然《そ》うであったと言う。

後年、ぼく自身が映画を作る様《よう》に為《な》って、東京都外の大船に在《あ》る松竹撮影所で仕事をした時、銀座に撮影に行こうとすると、大船からでは、銀座はもう遠隔地、則《すなわ》ち、地方ロケであると言う。地方と謂《い》っても、銀座の方が日本の中心で有るのだから、ロケ隊は一斉《いっせい》に御上《おのぼ》りさんに成《な》る。御負《ま》けに当時の銀座は日本中の憧《あこが》れの地で、誰もが銀ブラ（懐《なつか》しい言葉ですね。銀座へ出向いて、ブラブラ散策《さんさく》するの意です）を楽しむ為《ため》に、精一杯《せいいっぱい》御洒落《おしゃれ》して行く。だから街を往《ゆ》く人人《ひとびと》の夢を壊さぬ様《よう》にと、スタッフ一同も、銀座ロケでは背広にネクタイ姿、丸《まる》で映画の中の登場人物そっくりの姿で仕事を為《し》たのだと聞く。映画に未《ま》だ嗜《たしな》みが有った時代のお話ですね。

今年は小津安二郎生誕百年と謂《い》う事で、世界各地で小津さんや小津映画に関する行事が催されて居《い》るが、小津作品から何かを学ぶなら、ぼくは先《ま》ず此《こ》の嗜《たしな》みを学んで欲しいと思う。嗜《たしな》みとは教養と見識と覚悟《かくご》とから生《うま》れる物《もの》で有り、此《こ》の三つは映画を作る上で、いやいや人が生きて己《おの》れを表現しようとする時に最も大切な要素で有ると思うから。小津さんの生活条件（信条）として、「何でもない事は流行に従う、重大な事は道徳に従う。芸術の事は自分に従う」と謂《い》う言葉が残されて居《い》るが、ぼくらの優《すぐ》れた映画の先達《せんだつ》が、斯《こ》の様《よう》な信念の持ち主で有った事をこそ、ぼく等《ら》は今、先《ま》ず世界に向って誇《ほこ》る可《べ》きで有るだろう。

小津安二郎と謂《い》えば極《きわ》めて日本的な、静物画の様《よう》な映画を作る人で、諸外國では決して理解されぬだろうと、永い間考えられていた。だから日本人自身の手で積極的に海外に紹介される事も尠《すくな》く、オズを世界が発見したのは、むしろ欧米の人達に依《よ》ってである。だが、小津さんは大のアメリカ映画贔屓《びいき》で、実際初期の作品群からは其《そ》の影響が多く見られるし、後年の代表作《東京物語》だって、実《じつ》は古いアメリカ映画のストーリーからの引用である、とは御当人が語って居《お》られる。

今はローポジションの微動だにしないキャメラが有名だが、本当はクレーンや移動車の使い方に於《お》いても、名手である。古い或《あ》る作品の中では、昼時のサラリーマンが横一列に並んで欠伸《あくび》するのを移動するキャメラで捉《とら》えて行く。キャメラが自分の前に来ると順々に欠伸《あくび》して見せるのだが、中に一人だけ欠伸《あくび》しない奴が居《い》るので、一度其《そ》の男の前を通過したキャメラが又《また》不審気に戻《もど》って来る。すると漸《ようや》く件《くだん》の男が皆と同じ欠伸《あくび》を為《し》、キャメラは安心して再び移動を開始する。移動にも意味がちゃんと有り、愉快でも有り、何より極《きわ》めて映画的な描写の試みである。斯《こ》う謂《い》う腕前の持ち主だからこそ、後年の静謐な代表作の中にも、移動やクレーン撮影が、見事な隠し味と成《な》って、映画的活力を醸造《じょうぞう》し得て居《い》るのである。無見識に只《ただ》キャメラを振《ふ》り廻《まわ》す昨今の映画群とは、其処《そこ》の所《ところ》が全く異《こと》なる。

小津さんには、映画史上最も映画的活力に溢《あふ》れた映画とされる、ジョン・フォード監督の《駅馬車》に就《つ》いての、優《すぐ》れて純真な讃美の文が有るが、ぼくが小津映画を見る度《たび》に思うのは、何時《いっ》も此《こ》の《駅馬車》である。小津映画を語るなら、此《こ》の西部活劇とこそ比較《ひかく》して語られる可《べ》きで有ろう、とさえ考える。

映画と謂《い》うのは不思議な物で、駅馬車が砂塵を上げて疾走する姿を外側から撮《と》れば、迫力満点の場面と成《な》るが、キャメラが一旦《いったん》駅馬車の内部に入れば、駅馬車はもう動かず、反対に窓の外の景色だけが横に流れて行く。若《も》し窓外の風景が上から下に向かって流れるなら、駅馬車は何と空高く舞い昇るのだ。此《これ》が映画の活力で有る。ならば全編、キャメラを駅馬車の中に固定して了《しま》っては如何《どう》か。

小津映画に於《お》ける日本家屋は、実《じつ》は駅馬車の内部である。其処《そこ》では窓の外に流れる風景の代りに、扇風機が首を横に振ったり、人人《ひとびと》がせっせと団扇《うちわ》を動かしたり、其《そ》の小さな動きが繊細に制御される事で映画の潜在的な活力が蓄積され、増幅されて行く。其《そ》れが小津映画のえも言われぬ魅力を醸造《じょうぞう》する。「あ、そう」、「ええ」。「そうかね」、「はい」、等《など》と繰り返される台詞も又《また》、心地良い走行音の様《よう》である。「映画が走る、映画が走る」、と胸躍らせて語った淀川長治さんの《駅馬車》讃は、其《そ》の儘《まま》小津映画の総《すべ》てに当て嵌《はま》る。

小津さんは戦時中、軍報道部映画班員としてシンガポールに駐留中、接収していたホテルの映画館で此《こ》の《駅馬車》に始《はじま》る多くのアメリカ映画を御覧《ごらん》に為《な》ったと言う。斯《こ》んな映画を作る國と戦っても勝てる訳《わけ》が無《な》いや、と思われたか如何《どう》か、戦後の小津映画からは、或《あ》る断念が窺《うかが》える。其《それ》が、表現の抑制と覚悟《かくご》を生んだのではないか。其等《それら》が、小津さんの映画魂ではなかったか、とぼくは思う。然《そ》して日本の「豆腐屋」としての自恃《じじ》を貫《つらぬ》いた小津さんは、遂《つい》に世界を征服する。

其《そ》の平和の穏やかさに於《お》いて。

思えば大船から銀座へ向かう電車に乗るのは、小津さんにとっては駅馬車の内部に於《お》いて、我が映画の夢を醸造する、ぼく等《ら》観客にとっても映画の至福のひとときではなかっただろうか。

（「銀座百点」十二月号）

花吹雪考

牧《まき》野《の》和《かず》春《はる》
（随筆家）

花吹雪――と聞くと、しみじみ、ああ、日本語は美しいなと思う。しかし、年を重ねてその言葉のもつ味わいの深さや広がりといったものが分かるにつけ、言葉がもつ力、怖さといったものも感じないではいられぬ。花吹雪という言葉も、響きの心地よさにひかれて不用意には口に出せぬと思うようになった。

一つの体験がある。

一九八七年四月十四日（火）。午前十時半を過ぎていたであろう。

私は富士の裾野の一角、静岡県富士宮市狩宿《かりやど》の田舎道を足ばやに歩いていた。「狩宿の下《げ》馬桜《ばざくら》」と呼ばれる、山桜では最長寿の桜の木に会いたくてやってきたのだ。

実は、これには前段の話がある。

一九七八年春、桜の巨樹なるものに私は初めて対面した。その頃、私は日本人の桜花観に強く心ひかれていた。考えが一区切りついたのを機に、意を決して訪ねたのが「山高神代桜《やまたかじんだいざくら》」（山梨県北巨摩郡武川《むかわ》村山高、日蓮宗実相寺境内）というヤマトタケルノミコトのお手植え伝説がある木であった。国指定天然記念物。推定樹齢二千年という、わが国桜の全品種中、最古、最大（幹周）の老樹であるが、その異形はあまりに衝撃であった。その日が私の誕生日であったことも、桜花とのえにしを深く受け止める気にさせた。

こんなことが引き金となって、私の巨樹巡りは始まったし、併せて、くる春ごとにこれぞと思う桜の老・巨樹を毎年一本ずつ尋ね歩く習わしともなった。しばらくして気づいたことがある。尋ねた桜は結果として殆ど江戸彼岸であったことだ（しだれ桜は江戸彼岸の変種）。遅きに失したが、このことが分かった私はどうしても山桜の巨木に、それもなろうことなら最古、最大の木に対面してみたいという強い思いに駆り立てられたのであった。

この願望を前に、ゆるがぬ存在として浮上してきたのが「狩宿の下馬桜」である。「山高神代桜」体験から九年がたっていた。

内陸部の桜の開花は遅いであろう。里の花便りも一服して、頃よしと見はかり、ある日、夜明けを待つと珍しいほどの快晴だ。急にときめくものをおぼえ、不作法ながら現地に電話を入れた。運よく事情に明るい人が電話口に出て「くるなら今日だよ。あと三日と持つかどうか」。

せき込むような一言に促されて、私はそのまま東京駅へ。新幹線その他を乗り継ぐ早業で、この時刻、こんなところを歩いている自分が不思議にさえ感じられたことであった。

川が流れている。潤川《うるいがわ》と呼ぶ。川に沿う道の端に菜の花が咲き、黄色のたんぽぽの花が可愛い。遠い少年の日の土の感触がよみがえる。

向うになにやら黒いものが屏風のように立っている。杉の森らしい。ところが、その黒を背景に、ろうそくの明かりででもあるかのように、ぽぉーッと白く浮きでている塊がある。不思議に思いながら近づくと、それが目ざす「狩宿の下馬桜」であった。

さて、念願の下馬桜であるが、対面は果たしたものの少々拍子抜けがした。桜は大樹どころか、太枝は折れ、残った枝が地を這うようにして横に延びている。哀れというか、生への最後の執念を燃やすというか。満開の花だけがすさまじいばかりのリアリティーを放っている。花に交じって、山桜特有の金茶色の葉がなんともいえぬ気品を全体にかもし出しているのが唯一、救いである。

私は、明らかにいま異次元の世界に容《い》れられているのだ。

源頼朝（一一四七—一一九九）が武士団十万騎（十二万騎とも）を率いて、富士野を舞台に壮大な巻狩りを繰り広げたのは一一九三（建久四）年五月十五日から六月七日（旧暦）にかけてのことであった（曾我兄弟仇討事件は五月二十八日夜のこと）。前年が鎌倉幕府成立と征夷大将軍任命であるから、頼朝、絶頂期である。

その時、頼朝が駒をつないだのが、本陣「井《い》出館《でやかた》」前の桜の小枝で、その小枝が生長して下馬桜になったと伝える。館は約三十メートル下がって、後世、建て替えられ、井出家として現存する。

下馬桜の推定樹齢は八百年以上、幹周八・五メートル。かつて樹高三十五メートルもあった。一九二二年、国の天然記念物。一九五二年、世界的に貴重であるとして特別天然記念物に格上げ指定された名木である。しかし、損傷が激しい。一九三三年、同四九年、同五三年と、三度も台風など暴風雨に直撃され、いまは樹高わずか五メートルの奇形へと姿を変えてしまった。

と、急に底冷えを感じる。風が冷たい。いつの間にか気象が一変してしまっている。道理で人の姿もまったく見当らぬ。これも花見の風情のうちと、強がりをいい聞かせようとしたが、空模様がただごとではない。

そのうち、まったく無秩序、無方向に突風が吹き始めた。満開の花々がいましも怯えるようにして震えている。頭上ではどっぷりと墨を流したような黒い雲が渦巻くように大きく旋回を始めた。上空ではよほどの強風が吹いているのだろう。それにしても、漠然とした方角は分かるものの富士の姿がまったく見えない。

不吉な予感が走った、その時であった。

突如、私のすぐうしろから、大地を掘り返すかのような突風が吹き上げたかと思うと、そのまたたきつけるように、爛漫と咲く満開の花々を一撃したのである。何十枚、何百枚とも数知れぬ花びらがぱっと宙に舞いあがった。そのままひらひらと音もなく静かにゆれている。

折しも、あの鈍重な大きな雲がうねるようにして二つに裂けた。すかさず一直線にさし込む、強烈な太陽の光。まるで射《い》すくめるようだ。光を反射した花びらが砕け散ったガラス細工の破片でも見るようにキラキラとまぶしく輝く。

「あッ。花吹雪――」

心の中で叫んだ。

が、花びらは次の瞬間、つや消しの白へと一変した。これは純白の羽二重《はぶたえ》の光沢だ。となると、先刻のあの輝きは——。あれはガラスのような無機質の輝きでは断じてない。まさしく日本刀だ。その日本刀の刃が、きらりと見せる底光りの輝きそのものではなかったのか。

ふり向くと、いましも雲の裂け目から巨大な怪物がぬっと現れ、私を真上から見下している。物凄い形相。凍りつくような恐怖で体が震えた。が、なんとそれはいましも出現した、八合目から頂上にかけての富士の素顔そのものであった。濃紺のインクをどろッと垂れ流したような巨大な氷の斜面が青光りしている。こんな富士を見たのは初めてであった。その斜面に太陽の光が当たり、はるか彼方に透き通るような青空がどこまでも広がっている。氷の斜面はにぶく、重く、まるで生きもののように、なまめかしく底光りするのだ。霊峰富士——。しかも、この底光りもまたなんと日本刀の刃の光そのままではないか。

花吹雪——絹《シルク》——日本刀——富士山。

みんな同じなのだ。根源は一つ。かつて感じたことのない、深く強い感動が一つのエネルギー体となって体中を駆け巡り、超高速の電流と化して、はや無限の彼方へ消え失せていた。

「これぞ、日本！」

ほんの数秒に満たなかったと思うけれど、体の中は愉悦感でいっぱいとなり、なんだか少しばかり軽くなったような気がした。

花吹雪。あれはすでに花にあらず。万有の精をおびた光の電子。神々の化身なのだと思った。私もまた、ほんの一時《いっとき》、宇宙の聖なる場にまぎれ込んだのかも知れぬ。

「神秘体験だよ」。そう解説してくれる人もいる。

花狂いが高じての、一場の心理劇であったか、と諒解している。

（「文藝春秋」三月臨時増刊号）

脳出血に襲われて

塚本《つかもと》哲也《てつや》
（作家・前東洋英和女学院大学学長）

私が脳出血に襲われたのは、一年半前の二〇〇二年五月十日の夜十一時半頃だった。突然、目の前一メートル位の所に自分のシルエットのようなものが現われ、顔の部分に多くの蛍が飛び交うような光、花火が見えた。「脳出血かもしれない」とすぐ家内を呼ぶと共に、静かにベッドに横たわり、広尾の日赤医療センターの岩崎康夫先生に電話した。

こんな遅く！　と恐縮に思ったが状況を話すと、「すぐ病院に行って下さい。電話しておきますから」といわれ救急車を待った。家内は二年八カ月前に脳出血で倒れ、岩崎先生にお世話になっていた。救急車で運ばれる最中、頭の血管が三回ドーッと切れるような音がし、特に三度目は堤防が全部決壊する怒濤のような音がして意識不明に陥った。

翌朝目がさめた時、右手足など右半身全体が全く動かず左足をバタバタするだけで、まるで片方の翅《はね》をピンで刺された蝶のようであった。「ああこれは脳出血だ」と、突然幕が下り、暗い黄《よ》泉《み》の国に落ちて行くような絶望感が押し寄せた。織田信長が本能寺の変で最後に舞った「人間五十年、下天の内をくらぶるば夢まぼろしのごとくなり」という幸若舞の一節が頭に浮かび、人生は短いものだと悟った。

同じように脳出血で苦しんでいる家内をこれからどうしたらよいか、心配が心の内に広がっていった。自分も調子が悪いのに、私が倒れた夜は徹夜で病床に付き添い、毎日病院に通って来る家内、真夜中に泊まり掛けで看病している妹を見て、すまないと思うと同時に、病気が重いのだとも思った。

絶対安静の中で頭をよぎるのは、自分がいかに多くの人にお世話になり、今日まで生きてきたかという感謝の思いであった。御礼や別れを告げたい、多くの人の名前や顔が次から次へと浮かんでくると同時に、自分がもはや世間から離れ、今まで生きて来た社会を遠くから眺めるような心境になっていた。彼岸には到達したけれども彼岸の奥の院からはまだ遠いようでもあった。彼岸の土手に腰かけて世間を遠くに見つめているものの、正式のお迎えにはまだ間があるような感覚であった。河童が何匹かこちらをじーっと見ているような気がした。

倒れて三週間目に突然「リハビリをはじめましょう」といわれた時は、びっくり仰天した。家内の経験もあったし、リハビリは当然のことだが、自分はもう立ち上がれるとは考えてもいなかった。リハビリの先生からいわれた時に、ああ私を助けてくれる人だと胸が熱くなった。ということは、元の状態に近づこうという気持ちが、まだ自分の中にある証拠であった。丁度川に落ちた時に、夢中になって岸に這い上がろうとする本能と同じように、リハビリは自分にとって生きようとする証《あかし》であることに気がついた。生きる本能が前面に躍り出て来たともいえよう。しかしリハビリは情けないほど進まず、絶望感に陥ることがしばしばであった。「忍耐と努力です」と励まされ、亀のように従った。

七月一日、倒れてから五十日目に、思いがけず私は一人で立つことが出来た。夢ではないかと驚き感激した。家内のルリ子は、やはりリハビリの結果立てるようになった時、涙を流して喜んでいたが、その気持ちがよく判る。七月にリハビリ専門の玉川病院に移って懸命に励んだ結果、少しではあるが何とか歩けるようになった。一年たって更に、杖を突きながら一キロの壁を突破した。先生はじめ関係者が大いに喜んでくれたが、その矢先、九月八日ビルの玄関マットに足を取られ、右腰を強打し骨折、大たい骨の芯が粉々になってしまった。一年半の努力は水泡に帰し、暗澹たる気持ちに陥った。東京共済病院で手術の後、今まで以上に厳しいことがわかってきた。容易なことではないと覚悟を決めた。

やがて退院の日が近づいてきた。家内も同じ病院に私より前に入院し、退院する時期に来ていた。同じように体が不自由な二人が家に帰っても、食事を作ることもできない。弁当を届けてもらっても、玄関までとりに行くことができない。歩けないのである。老人ホームに入るしかなかったが、どこも知らない。

その時、親戚の伯母たちがお世話になっている群馬の老人ホームを思い出した。遠いところだが、電話すると幸いなことに、二人分だけ部屋が空いていた。車で運んでもらい、ようやく老人ホーム「新生会」の人となった。それまで老人という意識はなかったがこれで年相応になったと思った。

今自分は七十四歳である。障害者となり右半身が麻痺し、もうペンが持てず手紙も書けなくなってしまったことは、言葉では言い得ない悲しみだが、二年半前に、脳出血でピアノが弾けなくなったピアニストの家内の悲しみが、ようやく判ったような気がする。

これからどの位生きられるか判らないが、夫婦ともに脳出血になって一級障害者の手帳をもらった。確かに生きるのが大変になったが、同時に生きるということがどんなに大切なことかが判った。そしてまた、いかに多くの人がそのために手を差し伸べてくれたか、医者、リハビリ士、看護師の人たちに感謝の言葉もない。自分はこれらの人たちに、また、私と同じような多くの障害者の人たちに、何か出来ることはないかと病床でそればかり考えている。

（「文藝春秋」十二月臨時増刊号）

「百寺巡礼」余話

五木《いつき》寛之《ひろゆき》
（作家）

どういう風の吹き回しか、この春から各地の寺を訪ねる仕事をはじめることになった。「百寺巡礼」と、タイトルだけは殊勝だが、じつはかなり行き当りばったりの企画である。二年間に百の寺を回ろうというのだから、相当な難行である。一週一寺の割合いで、年間五十の寺をおとずれなければならない。

今年の春からはじめて、いまようやく二十二寺を回り終えたところだ。

まず最初に大和の室生寺へ行った。俗に「女人高野《にょにんこうや》」とも呼ばれる奥山の寺である。屋外にあるものとしては、日本最小の五重塔で知られている。最大ではなく、最小というところがなんとなく面白い。

土門拳が室生寺の雪景色を撮影するために、門前の橋本屋に滞在したエピソードはつとに有名だ。

それまで何度も室生寺を訪れていた土門拳だが、どういうわけか雪景色を撮る機会に恵まれなかった。昭和五十三年の冬も、ずっと粘って雪を待っていたが、やはり降らない。

室生寺のある奈良県宇陀郡室生村は、寒さのきびしい土地である。そのくせ独特の地形のせいか、雪は上空を流れて、なかなか室生寺のあたりに積もらないらしいのだ。

もう一日、もう一日と滞在をのばして、ついに諦めた土門拳が、明日は帰ろうと決めた翌朝、玄関を開けると一面の雪だったという。

女将の奥本初代さんは、そのときの様子を、講釈でも語るような名調子で話してくれた。雪を見て寝間着のまま土門の部屋へ駆けこんで、「先生、雪！」と叫ぶ若女将。土門先生、窓の外を見て、彼女の両手を握り、ぼろぼろ涙を流して絶句する。

これが浪曲の全盛期だったなら、たぶん『女人高野涙の雪景』という名調子でも生まれたのではあるまいか。

しかし、私の室生寺詣では、そんな感動的なエピソードとは無縁の、すこぶるつきの苦行であった。

仁王門をこえてから、無骨な石段が延々と続くのが室生寺の魅力である。石というより岩といった感じの自然石を組んだ石段が、ほれぼれするくらいに美しい。最初の登りが「鎧坂《よろいざか》」と呼ばれる石段である。鎧のサネに似ているところから「鎧坂」というのだが、私はこの石段のたたずまいが、なんともいえず好きだった。

しかし、その石段を登ってからが、室生寺の本領である。いちばん上にある奥の院にたどり着くためには、次から次へと現れる石段をただひたすら登り続けなければならないのだ。

いったい何段あるのだろうと、寺の関係者のかたにうかがってみても、どうもはっきりしない。

ある人は七百五十段だといい、またある人は六百八十段です、と自信たっぷりにおっしゃる。なかには七百十三段と断定なさるかたもいた。

仕方がないので、同行の青年に正確な段数を出してもらうことにする。仁王門の入口にも石段があるが、それをはぶいて数えた結果、

「ぴったり七百段でした」

と、報告があった。聞けば石段のカーブするあたりに微妙な段落があって、それをどう数えるかで何段か異なる場合もあるらしい。とりあえず室生寺の石段は、仁王門を過ぎてから奥の院まで七百段、ということで決着する。こう書いたとしても、必ずしも皆が納得するわけではあるまい。まあ、人それぞれの感覚で、室生寺の石段を数えるのも、寺を訪ねる楽しみの一つではあるまいか。

当日、室生寺では、この石段を三往復した。テレビ番組のためにリハーサルで一回、録画で一回、そのあと出版のためのスチール写真撮影で一回、と三度登り降りしたのである。計四千二百段。さすがに最後の下りの途中で膝が笑いはじめた。

室生寺の門前町に、この石段を四十年間、一日も休まずに登り降りして奥の院の大師堂に詣でておられるご婦人がいらっしゃるという。そのかたが当年九十歳ときいて、驚くより呆れ返った。世の中には凄い女性がおられるものだ。かつて女人禁制だった高野山に対して、女性の入山を認めたために「女人高野」と呼ばれた室生寺らしい話ではある。

こうして室生寺からスタートした「百寺巡礼」だが、はたして二年間で無事に完走できるかど

うか、はなはだ心もとないところ。
はたして最後の百番目に訪れる寺は、どこになるのだろう。なんの計いもないままに、風に吹かれて各地の寺を巡り歩く日が続く。

(「文藝春秋」九月号)

柩にこそケイタイを

松《まつ》山《やま》巖《いわお》
（作家・評論家）

私はケイタイデンワを持っていないし、これからも使うつもりはまったくない。そのせいか、路上でも電車内でも、ケイタイで声高に応答し合ったり、せわしく指を動かしてメールを送信している人たちを眺めると、突然出現した新人種に出遇ったようで落ち着かない。

ひと月ほど前、朝起きてみるとコタツ脇でブーブーとなにかが鳴いている。気味が悪い。空になった酒瓶の下で鳴いていたのはケイタイデンワであった。前夜、酒席から流れ私の家まで来て酒を酌み交わした客が忘れていったのだなと納得したものの画面は光るし、手にとると細かに震動しているからなおさら気味が悪くなった。

誰かが送信していることはわかる。しかし私は扱い方を知らない。その上、忘れていった知人の電話番号を知らず、連絡もとれない。鳴き止んだが、しばらくするとまた鳴き出し、光っては震えている。気味が悪いから上から坐座団をかぶせてしまった。

結局、午後になり、その知人から電話（私の家の電話はダイヤル式）が入り、夕方になって返すことができた。その際、当然の如く再び酒となり、ケイタイデンワのことと共に前夜の話題にもふれた。

前夜の話題とは自然葬のことだ。じつはその知人は会社を退職後、ボランティアで自然葬、つまり死後、希むならお骨を墓に入れず、海や森などに散骨する自由をすすめる会の事務をやっている。前夜の酒席でこの話が出たら、同席していたドイツ文学者の池内紀さんがすぐに会に入るといい出した。私は自分の葬儀のことなど真剣に考えたことなどなかったが、ついナリユキで会費を払い、会に入ってしまった。あらためてその会のパンフレットを眺めると、私と同い齢の作家も入会している。考えれば、私と同世代の友人数人がここ二、三年の間に、あちらの方へ行ったきりとなったままだ。

ところで先日、ユーゴのベオグラードにずっと暮らし、一時日本に帰国した詩人の山崎佳代子さんから次の話を聞いた。

ユーゴでも墓地不足で火葬が年々増えているものの、いまも遺体は柩に収め、土のなかに埋葬するのが一般的である。ある男が亡くなったので、葬儀に彼女も立ち会った。柩を土のなかに収め、上から土をかぶせ終ったとき、突然、土のなかからケイタイデンワが鳴り出した。彼女も他の参列者も驚きながらも、必死で笑いをこらえた。

死んだときの衣服のまま遺体を柩に入れたせいである。日本ではまず衣服はあらためるし、火葬にするからそんな事態は起りそうもない。しかし火葬にする前に、柩のなかからケイタイデンワが鳴ることは、まったくないこととも思えない。なによりあれほどケイタイに熱中している人種がいる。

私は自然葬をすすめる会に入ったものの、散骨がいいのか本当はわからない。ただ遺体となったアカツキには宗旨を変え、衣服にいくつかのケイタイを忍ばせ、ブーブーと鳴らし、細かく震わせて、参列者を驚かせてみたい気もある。

（「室内」二月号）

神さまへの手紙

村《むら》松《まつ》武《たけ》司《し》
（学校法人臼井学園ひなぎく幼稚園理事長）

製薬会社の顧問を六十五歳で退くことになって、さてどうしようかと考えていると、幼稚園の理事長と園長を兼任していた妻が、理事長の方をやってくれと持ちかけてきた。創設者である両親の没後二役を務めてきたが、保育と経営の両方では荷が重い。小生の退職後は経営をやってくれるものとかねがね期待していたというのである。このような老後の働き場所を備えてもらえるとは何とも有難い話。持つべきものは妻である。喜んで引き受けた。

いざ就任してみると、経営のほかにいろいろな役目を任された。その一つに子供たちの礼拝での「お話」がある。キリスト教主義の幼稚園だから、毎週月曜日に礼拝がある。初めは要領が分からず、大人に話すように話したら、ワイワイガヤガヤ、収拾がつかなくなった。「長い」「むつかしい言葉が多い」と妻（園長）と娘（主任教諭）に酷評され、鋭意構造改革に努めた結果、やっと自己評価で傾聴度七割程度を達成できるようになった。

その実績を見てか、新しい企画が持ち上がった。「神さまへの手紙」と云うのである。これには先例がある。アメリカで子供たちから集められて多数の新聞に連載され、「リーダーズ・ダイジェスト」などの雑誌にも載り、テレビ番組にもなっているという。日本では（株）サンリオから邦訳が出ている。

当幼稚園でのやり方は、年長組（五〜六歳）の子供に絵入りの「神さまへの手紙」を書いてもらい、その中に質問があったら、朝の「お集まり」の時間に理事長が出て行って答えるというものである。さて私は神さまでもないのにどうしてその代理をすることが出来るのか。教諭の皆さんはこう考えたらしい。たしかに理事長は神さまではない。しかしここに聖書という便利な書物がある。この中に、我々が神さまについて知りうることは全て尽くされている。理事長は教会歴は長いようだし、子供の礼拝でお話をしている位だから、聖書を少しは読んでいるだろう。だから、少々むつかしい質問が出ても何とかさばいてくれるだろう。

期日になってざっと八十枚の「手紙」が届けられた。回答に便利なように、私はそれを幾つかのグループに分類した。

第一のグループは「神さま、いつも守って下さって有難うございます」「神さまお元気ですか。もうすぐ春ですね」といった挨拶や感謝の言葉。神さまはきっとこのような手紙をお喜びになるだろうが、特に答えが必要でない部類のものである。

次は、「どうして空は青いの？　雲は白いの？」「どうして地震や台風が起きるの？」といった自然現象に関する質問である。これは取り扱いが易しい。自然科学的に説明し、すべてが神の創造の業であることを云えばよい。

第三は、神の本質や属性に関するもので、答える私にとってはこれが正念場である。多かった質問に「神さまはどうして目に見えないの？」というのがある。私はこう説明した。神さまはたしかに目に見えないね。しかし神さまがいらっしゃることは、その働きでわかる。たとえば、みんなのまわりには空気があるね。空気は目には見えない。でも、空気が動くと風になる。風がある日には、木の枝や葉っぱが揺れるね。それを見れば、目には見えないけれど、空気というものがあることがわかる。みんなは毎日「神さま、今日も一日守ってください」とお祈りしているでしょう。神さまはその祈りにこたえてみんなを守って下さるから、今日もみんな元気に幼稚園に来ているでしょう。みんなを守って下さるということは神さまの働きだね。その働きが私たちにわかるから、目には見えないけれど、神さまはいらっしゃると信じることが出来る。

でも、こういう神さまが私たちに姿を見せて下さらないのはどういうわけだろう。神さまは意地悪なのかしら。決してそんなことはない。目に見えるものを「ある」と思うのは造作ないね。でも目に見えないものを「ある」と信じるのは簡単じゃあない。さっきの空気の例のように、よく考え、熱心に祈ってみなければ信じられない。云ってみれば、心が強くないと見えない神さまがあるとは信じられない。このように私たちの心を強くするために神さまは姿をお見せにならないんじゃあないかと、私は思っているね。

このような問答のあと、私は「さあ、神さまについてなんでもわからないことがあったら言ってごらん」と、自由な質疑の時間を設けることがある。ところが、これは実は危険である。どういう難問が突然飛び出すかわからないからである。

こういうことがあった。ひとりの女の子が手を上げて質問した。「昔の人は神さまを見たのに、今の人にはどうして神さまが見えないの?」この子はよほど注意深く聖書のお話を聞いているのに相違ない。私は狼狽し、答えに窮した。しばらく考えた末、私はやっと次のように答えた。

たしかに聖書には、昔の人がじかに神さまに会ってお話ししたことが書いてあるね。でもそれは、今私たちが先生やお友達をこの目で見ているように神さまを見たのだろうか。私はそうは思わない。みんな、熱心にお祈りしている時、まるで目の前に神さまがいらっしゃるように、ありありと感じることがあるでしょう。そのとき私たちは、いわば心の目で神さまを見ているのだね。昔の人が神さまを見たというのは、このことではないかと思うよ。

意を尽くさない答えになったと思うが、その子はうなずきながら聞いていた。

もう一つ、心に残った質問がある。それは「何でぼくたちはおじいさん、おばあさんになっちゃうの?」というのである。

この質問を見て、私には思い起こされることがあった。しばらく前の礼拝のお話の中で、私は「君たちは早く大人になりたいと思っているでしょう」と云った。すると後ろの方に座っていた男の子が、大きな声で「なりたくなーい」と云った。私は自分が子供の頃、いつも早く大人になりたいと思っていたので、驚いて「えーっ、なりたくないんだって? 他の人はどうなの」と聞いた。すると「なりたくなーい」という大合唱が返って来た。私はますます驚いた。そして今の子供たちは両親やまわりの人にかわいがられてとっても幸せなので、いつまでも子供のままでいたいのだろうと推量した。

この「何でおじいさん、おばあさんになっちゃうの?」の質問に、私は思案の末こう答えた。

世の中には、時間をかけてじっくり勉強しないとわからないことがあるんだよ。君たちの質問の中に「どうして空は青いの？　雲は白いの？」というのがあったね。お日さまから出る光は色がないように見えるだろ。だけど本当は、赤から紫まで沢山の色が入っているんだよ。それが物にあたって、色の中の一つとか二つとかがハネ返って来るから、物に色があるように見えるんだよ。こういうことは子供のうちは分からない。学校へ行って、時間をかけてじっくり勉強しないと分からない。だから大人になり、その内におじいさん、おばあさんになるのも悪いことじゃあないよ。神さまに教わって、いろんなことが分かって来るからね。

集まりの席では、質問をした子も他の子もなるほどと納得したように見えたが、私は自分で何となく満足出来なかった。私の答えは、年をとると得るものがあると云っているが、逆に失うものについては触れていないのである。それは何だろうかと考えて、私は気付いた。心をこめて手紙を書けばきっと神さまに届くだろうと信じる、その心ではないかと。年とともに私たちは知識を得、賢くなってゆくが、一方この子供の素直な心を失ってしまう。私たちは口では「祈りは聴かれる」と云うが、どれ位本気でこのことを信じているだろうか。

イエスが「子供のように神の国を受け入れる人でなければ、決してそこに入ることはできない」と云われたことを思い起こし、その意味を噛みしめている昨今である。

（「東京大学学生基督教青年会会報」第一二〇号）

父の万年筆

普段着のファミリー

阿《あ》久《く》悠《ゆう》
（作詞家・作家）

「普段着のファミリー」というと、素朴で正直で、飾りっけのない、好ましい家族のように受けとめられるかもしれないが、実は違う。ぼくがここで、表題にしてまで書こうとしている「普段着のファミリー」とは、社会に対しての適応性や、他人に対する最低限必要な緊張感や、時と場所を全く心得ない家族のことである。

もちろん、余所《よそ》行きと普段着という区別での、着衣の普段着のことも含まれている。そもそもは、ある時ふと、伊豆から東京への移動の途中で見かける人々のことを、いつから日本人は普段着で旅行するようになったのだろうと、疑問に思ったことから発している。

思い出してみてほしい。かつては、家と社会という意識が厳然としてあって、家から一歩出るとそこはもう社会であると思っていた。家の中では相当にダレた姿をしていても、煙草を買いに出掛けるだけで社会用に、ジャケットの一枚も羽織ったものである。ぼくの父は必ず中折れ帽をかぶった。

家からほんの数十メートル、同じ町内でもそうであったから、他町村へ出掛けたり、ましてや東京へ出るとなると晴れ着に近い物を選んで、最大の誠意を示し、同時に社会という他者の坩堝《るつぼ》の中で緊張をもって過せるように、覚悟を決めたものである。

それは実に面倒なことであったが、これがよかった。社会には自分で押し通せないことがいっぱいあり、時には他者に自分を合わせることも必要だと、教えられたからである。また、人間というのは個々大した存在ではないけれど、社会を尊重し、味方に引き入れることで、つまり着更《きが》える毎《ごと》に大きく見せることが出来るのだともわかった。それを今、多くのファミリーは得々として放棄しているのである。

普段着の過信は、たぶん、マイカーを持つようになってからのことだと思う。人々は普段着で移動するようになった。自分の家の門前から、サンダル履きのまま東京都心へ直入出来る。楽で、便利であろうが、不作法さのまま家族が移動し、不作法さのまま他人の社会を踏むかと思うと、実に空恐ろしい感じがするのである。ファミリーはしっかりと不作法の同志となり、自由を満喫する。満喫する方はいいだろうが、される方はたまったものではない。

ここでいう「自由」とは、他人の自由を奪う自由という意味で、戦後日本人が実践した自由とはこれだけである。他人の自由を奪う自由、これが普段着の精神性に取りついて、傍若無人の自由として蹂躙《じゅうりん》するのである。

たかが余所行きと普段着、着る物の選択で何ほどのことがあろうかと思われるかもしれないが、メリハリのつかない生活感が、メリハリのつかない社会観や人生観に繋《つな》がるのである。「個人」と「家族」と「社会」というたった三つの顔が出来ない人たちに、秩序や節度を期待することは無理であろう。個の過信が社会を崩す。そのメリハリを、どこで失い、どこで放棄し、どこで平気になってしまったのであろうか。

ファッションや行動に自由が持ち込まれて喝采を博したのは、ついこの前のことである。ぼくもその時は、大いに手を打ち鳴らした。しかし、この自由を使いこなすには、相当に練《ね》り上げられた社会人としての教養、場を心得ることの出来る品性と、それぞれが内面に抱いたタブーが必要であった。それを考えないで使い放題の自由は、伝統も国情も個性もすべて打ち砕き、何でもありの、何でもなしにしてしまったのである。

ぼくがまだ若かった頃、東京という都市は大いなる踏み絵を強いる社会であった。長く東京生活をした後でも、しばらく離れ、また東京へ踏み込む時には、緊張を感じた。ここで生きられるだろうか、ここで認められるだろうかと何度も思った。東京とは、とても常態では勝負出来ない社会であったからである。だから、ぼくは、九州の実家から東京へ帰って来る時、小田原を過ぎたあたりから、ピシャピシャと頰を叩いて東京の顔をつくり、社会に立ち向かう覚悟を決めたものである。

これがもし、マイカーであったなら、そして、まるまるの普段着であったならどうであろうか。そんなことをする必要もなく、悠々と東京へ入る。その代わり、社会を意識してみる機会を失ったに違いないのである。

普段着のファミリーは、なぜ普段着で他人だらけの社会の中へ入って行くことが出来るのであろうか。個の顔で社会に立ち向かうのであれば、その度胸と勇気に感心してみせようが、社会の大きさを個のレベルに縮小し、恐れを知らず、行儀を知らず、傍若無人になるのであれば、教育としては最悪である。社会の大きさと、手強《てごわ》さと、人生には不可能の方が多いことを教えるのが教育で、それには普段着では役目を果たさないと知るべきなのである。

国の問題点を語る時、多くの人は、政治がどうの、経済がどうのというが、ぼくは国民の社会観の欠落と、それによる行儀の悪さ、公徳心のなさが、最大の問題点だと思う。

行儀を問題にされないことは捨てられたのと同じことで、ぼくはつくづく、今の子どもたちが可哀相《かわいそう》に思える。手をかけただけ可愛い間が子どもで、手をかけても可愛くなくなれば、育ち過ぎたペットのように困惑する親を見かける。家出をする子どもがおり、さぞや心配だろうと思うと、不快のタネが見えなくなってどこか安堵《あんど》している親の顔があったりする。

おぞましいことだが、今の社会を見ながら、ついつい日本の子どもの滅びるさまを思い描いてしまうことがある。「親が汚す。先生が腐らせる。社会が増殖させる。時代の風が吹き散らす」、これでいいのだろうか。

今、大人それぞれがそれぞれの問題として、自分の生き方を変えなければならない時に来ている。政治家に何とかして下さいとか、法律を早く変えて下さいとか、待っている時ではない。一人一人である。一人一人が醜《みにく》さと愚《おろ》かさを自覚し、子どものための生きるサンプルになろうと覚悟を決めなければならない。普段着のことを長々と書いたのはそのためである。

政治家も悪いかもしれない。システムにも欠点があるだろう。しかし、政治家もシステムも、ぼくらが知恵と勇気で取り替えることが出来る。だが、市民とか国民とか、ぼくら普通の生活人を総取っ替えするわけにはいかない。だとすると、市民や国民が自分自身を甘やかさずに変えるしか、救われる道はないのではないか。

ぼくらは、「自由」も「平和」も「民主主義」も「経済大国」も、全部使い方を失敗した。宝の持ち腐れどころか、多くは徒《あだ》となったのである。すべて光り輝く言葉の筈《はず》なのに、不作法さ、無遠慮さ、非常識、恥知らず、という結果しか出せなかった。

しかも、それで楽しいのならいいが、閉塞感に満ちた不機嫌な社会である。

もう一度、正直者の働き者、不器用な頑固者の原点に戻ってみよう。それしかない。

嗚呼《ああ》！　気張り過ぎた。切ない。

さて、政治の社会ではマニフェストという具体的公約とやらが流行だが、人それぞれ、自らのマニフェストを作成してみたらどうであろうか。何をなして、どう生きるか、何を信じて、誰を幸福にするかである。

方法は、そう、宮沢賢治の「雨ニモ負ケズ」を下敷きに、替え歌の要領でやればいい。一本の道と自身の姿が見えるかもしれない。

（「文藝春秋」十二月臨時増刊号）

私が知っている桜の森

篠田《しのだ》正浩《まさひろ》
（映画監督・早稲田大学特命教授）

かつて私が働いていた大船撮影所は春になると満開の桜の森になり、人気絶頂のスターや監督たちが行き来していて華やかさがあふれるばかりであった。その中に小津安二郎の衝立《ついたて》のような大きな背中があった。小津は松と富士山を写さなかった。多分、桜もなかったはずである。小津は日本の象徴が自分の映画に侵入して彼が守り抜きたい絶対空間が乱されるのを恐れていると、そのころ私は勝手に思い込んでいた。

この私の思い込みには訳がある。日本がアメリカ、イギリスという巨大な国々を相手に戦争していたころ、私にはなんの生の不安も死の恐怖もなかった。私は本居宣長の「敷島のやまと心を人とはば　朝日ににほふ山ざくら花」を愛唱する激烈な皇国少年だった。宣長ばかりか大伴家《おおとものやか》持《もち》、源実朝、西行らが奏《かな》でた五七五の韻律が、死生の境に横たわる闇を消してくれたからだ。彼らの歌を朗唱すれば、旭光《きょっこう》を浴びた桜が散るように輝く闇に投身できると、信じていた。バラじゃ死ねないが桜なら、と思ったのもそのころである。しかし8月15日が私の夢想を粉砕してしまった。輝く闇に散華《さんげ》した桜は雲散霧消していった。

その私に再び桜への関心を呼びさましたのは、坂口安吾の『桜の森の満開の下』を映画にする企画がもちあがったときである。そこでまず、桜が植物学ではバラ科に属することを知って驚いた。バラじゃ死ねないが桜なら、という信念にはなんの根拠もなかったのだ。次に本居宣長がやまと心のシンボルとした山桜が、われわれが見慣れた桜とは種類を異にしていることであった。江戸が東京に変わるころに染井の植木屋が品種改良したソメイヨシノは、葉が伸びる前に爆発的に開花する華やかさが人気を集め、幽玄な葉っぱと共生して薄紅の花弁をつける山桜の風情を押しのけて、瞬《また》く間《たた》に日本全土に植え付けられていった。

『桜の森の満開の下』の主人公は平安の世、鈴鹿の山中に潜む山賊である。街道を往来する男たちを殺してはその女を奪った。しかし、強欲無残の限りを尽くす山賊も、なぜか満開になった桜の森のなかに入ると忽《たち》ち《ま》心は乱れ、風もないのにゴウゴウと鳴る不気味な音に魂が消えてしまいそうになるというのである。桜が不気味だ、という坂口の小説に引き寄せられて、私は独り、初めて山桜に埋め尽くされた吉野山に入山した。

山麓はすでに落花しきりで、花を追って山中の奥の奥に分け入った。たどりつくとそこに西行庵があった。

周囲はすべて満開の山桜の古木である。私自身の息遣《いきづか》い以外、なにも聞こえてこない。花見時には知人の来客で賑《にぎ》わった庵《いおり》も無人になると、さすがの西行もいたたまれなくなって都が恋しいと詠《よ》んでいる。もの凄い静寂が私の周辺に漂いはじめた。ここは吉野の山桜である。村上義光、楠正成、正行《まさつら》親子、源義経と佐藤忠信主従、いや神風特攻隊も三島由紀夫も、数多くの非業《ひごう》の最期を遂げた怨霊たちが山桜の一本一本に棲息しているのだ。山賊が味わった恐怖とはこのことなのか。私は坂口安吾の気分になって駆け出してみた。走りながら、西行はソメイヨシノの下では死ねないな、と思った。

（「文藝春秋」三月臨時増刊号）

祖母ハンナ・オコンネルと私

島《しま》村《むら》由《ゆ》花《か》
（主婦）

「もしもし、私やけど。由花いてるか？」

電話口で響く大きな声にぎくりとした。私の苦手な母方の祖母だ。

「……あのぅ……私やけど……」

おそるおそる返事をすると、祖母は有無を言わさぬ口調で言った。

「あさっての十時に、うちに来《き》いや」

「なんで？」

「あんたの見合いの相手が来るねん」

一瞬目の前が真っ暗になった。私はまだ短大を出たばかりで就職もしていないのに。

「また面接落ちたそうやな。ええかげんあきらめて結婚したらどないやねん」

「ちょっと待ってや。ちゃんと就職するし。みんな就職してるし、私も働きたいんや」

「あほか！　友達が就職するから就職するんか！　人は人、あんたはあんたや。あんたなんか、どうせ何もでけへんねんから、おとなしく嫁にいき！」

祖母は私の反論をばっさりと切り捨てた。

「とにかく、あさって、絶対うちに来《き》いや。来んかったら勘当やからな」

大きな音をたてて電話が切られ、私は受話器を持ったまま、立ち尽くしていた。

その当時は昭和六十一年。男女雇用機会均等法もできて、これからは女性も男性と同様に働けると私は期待していた。ところが現実は円高不況。新卒女性の就職は厳しかった。

私は子供のころから祖母が苦手だった。白髪混じりの茶色の髪、大きな茶色の瞳、不機嫌そうなへの字口。「ゴッドマザー」として、同居している伯父一家やアパートの住人から尊敬され、そして、いつも「ヒトミキヌエ」という人の悪口を言いながら暮らしていた。

病弱で問題児だった私は、学校で問題を起こしては、祖母に長々と説教され、「そんな子はヤイトすえるで」と引き出しの中のライターと線香を見せられて脅されたものだ。

母に見合いのことを相談すると、母は驚いた後、眉をひそめた。

「もし見合いせんかったら、ほんまに勘当されるで。まあ、相手が嫌やったら断ったらええし」

結局、縁談は破談になり、私は安心して就職活動を続けた。短い間正社員で働いて、派遣社員になった昭和六十二年、祖母が倒れた。

この当時は介護保険法がなく、ヘルパー制度も整っていなかったので、伯母と母が交代で祖母を介護した。弱っていく祖母の様子を母から聞かされた私は動揺した。でも、祖母の「どうせ何もでけへんねんから」という言葉が胸に棘のように刺さって痛み、見舞いに行かないうちに祖母は亡くなった。

「由花は喘息持ちで、他人の顔色見るのへたやから、会社勤めには向かん。たぶん人と違うとりえがあるんやろう。そやけど今はわからん。あの子は、へたに社会に出て、いらん苦労せんと、さっさと家庭に入る方がいいんや」

破談になった時、そう祖母は嘆いたそうだ。

「性格は悪うない子やから、たぶん、結婚申し込んでくる奇特な男が一人ぐらいおるやろう。それを逃したらあかんで」とも言っていたらしい。

でも、母の口からその話を聞いたのは祖母の死後だった。一度ぐらい見舞いに行けばよかったと、私はひどく後悔した。

祖母……ハンナ・オコンネル、日本名は山下花子。明治四十年、ニューヨーク生まれ。母はアイルランド系移民、父は日系移民で、七歳の時に来日した。

大阪信愛女学校、現在の大阪信愛女学院陸上部の短距離走選手として、女子オリンピック極東大会などで活躍した。しかし、祖母の記録は同学年の人見絹枝《ひとみきぬえ》に破られた。祖母は大丸百貨店に就職した後も陸上競技を続けたけれど、ついに人見絹枝の記録を破ることができないまま、出産を前に引退、退職した。

そして、戦後まもなく十三《じゅうそう》に四階建てのアパートを建てて大家として悠々自適に暮らし、昭和六十三年、八十歳で亡くなった。

一方、人見絹枝は、アムステルダム・オリンピックに出場して、日本女性初のメダリストになったけれど、過酷な練習と周囲の期待に心身を削られ、二十五歳で亡くなった。

戦前の天才アスリートとして、絶頂期で燃え尽きて伝説になった人見絹枝。彼女自身にとって、それは幸福な人生だったのかどうかはわからない。ただ、「人見絹枝に勝てなかったこと」が、彼女の死後、五十年以上も、祖母の人生に影を落とし続けたことは確かだ。


祖父に先立たれて十四年間、祖母は亡くなるまで、自分の部屋で自由に暮らしていたように見えたけれど、今考えると、祖母は孤独だったのかもしれない。

子供のころ、学校で問題を起こした私を、ひとしきり叱った後、よく祖母は昔話をした。「苦力《クーリー》」「どしゃぶりの雨《イッツ・レインズ・キャッツ・アンド・ドッグス》」などの聞きなれない言葉の話、ニューヨークやサンフランシスコの日系人が、人種差別や貧困と戦いながら、一生懸命働いていたことなど、社会科の教科書にも載っていないような珍しい話ばかりだった。

もっとたくさん話を聞いておけばよかったと、今は後悔しているけれど、子供だった当時は、毎回「曾祖父さんや曾祖母さんは、こんなにがんばってたのに、あんたときたら」という結論になってしまう昔話を聞かされることは苦痛だった。

日当たりの悪い部屋で、銀行の人がお中元に持ってきたメロンを、私にすすめながら、「生きていたって、なんも面白いことなんかないわ」と呟いて煙草をふかす祖母の姿は、今も忘れられない。

私は今、主婦業の合間に文章を書いている。祖母が亡くなって一年後、私に求婚してきた男性と、そのまま結婚したのだ。

正社員だったころ、女性を仕事能力より色気で評価する上司の下で胃を痛めた経験にくらべれば、祖母の言うように、色気がないことで、全人格を否定されることのない主婦の生活の方が気楽だ。

祖母の命日の四月になると、いつも桜の散る坂道を登って家族と墓参に行く。祖母の墓に花を供え、私が元気でいること、受賞した文学賞や出版した本のことなどを報告する。祖母の言う通り、私にもとりえはあったようだ。

墓参の帰り道、白い春の青空を見上げる。

私の声は祖母に届いているだろうか。


（「コスモス文学」二八六号）

人生の転機

葛《か》西《さい》敬《よし》之《ゆき》
（JR東海会長）

入社式、初任教育の季節である。彼らを見ていると四十年前、自分自身がそうだった頃のことを思い出す。学生生活を終えて社会人となるのは人生最大の転機のはずである。それなのに大抵は偶然の悪戯《いたずら》と成り行きで決まってしまう。私自身がその典型例だった。

大学四年になったばかりの頃、学生証を紛失した。誰かが拾得して駅に届けてくれたのだろう。ある日荻窪駅の掲示板にその旨の記載があるのを発見、早速取りに行った。「東大法学部の学生さんですね。国鉄に就職なさい。こんなに出世の早いところは他にありませんよ」。助役さんが学生証を手渡しながら盛んに奨める。そんなことがあって程なく法学部の掲示板に「国鉄が今年から法学部四年生を対象に奨学金を給付することになった。思想穏健、身体頑健、成績優秀な者に限る。志望者は申し出るように」という告示が張り出された。

かなり露骨な青田買い奨学金である。古色蒼然たる人物観は違和感を誘うものだったが、取りあえず受けてみるかという気になったのは助役さんの勧誘の効力だっただろう。大卒の初任給が二万円の頃、月六千円の奨学金は夏休みの旅行資金として魅力的だった。幸い合格者六名の末尾に滑り込むことが出来たのだが、他の五人は皆よそに就職、一人残った私は国鉄に入社せざるをえなくなった。今から思えば、ちょっとした偶然の連鎖が私の一生を決することになったのだ。

その程度の入社動機だったから一年も経たぬ内に辞めたくなった。学生時代は三年、四年で卒業という節目があるから気楽である。優の数を揃えるという安易な自己実現に安住出来る生活だった。ところが社会人になってみると三十年もの長期戦。おまけにこれまで学んできた知識の殆どは何の役にも立たない。何を求められているのかも、何が評価の基準なのかも大学のように明快ではない。カルチャーショックだった。

おまけに、国鉄というところは、入社後四年間は見習いと称して何も仕事のない日々が続く。小人が閑居すれば愚かなことを考えるに決まっている。不沈艦意識の蔓延する部内を見渡すと目に付くのは、非現実的な建前を鵜呑みにして現実から目をそらし、思考を眠らせてしまう風潮ばかり。「何となく」、「まあまあ」で一生を過ごすのか。転身するなら早い程良いという考えが浮かんだのも当然だった。散々迷ったあげく思いとどまった理由はただ一つ。これをやりたいという何かが無かったからである。

取りあえず三十五歳まで決断を先送りし、やりたいことが見つかったら何時でも転身できるように複眼で生きることにした。いわゆるモラトリアム人間だが、お陰で幅広い関心を持ち続けるという副次的効果はあった。ところが周りを見ると誰も不安げな様子は無い。そのときは大人の中に独りだけ取り残された子供のような気分だった。こんな素晴らしい職場に抵抗を感じるのは子供、白けるのは異端だという空気が大勢だから、私は不可避的に異端の道を歩くことになった。

それには意識構造の転換が不可欠だった。受験者の立場から出題者に変わるのだ。他人の評価に身を任せる代わりに自分が自分を評価し、組織を評価する。いったんは辞めようと考えた揚げ句、所詮職場は仮の宿と開き直ってしまったから出来たことなのだが、お陰ですっかり気が楽になった。精神面だけ見れば幼虫が蛹になったようなもの、入社して三年と経っていない頃だった。

結局国鉄には四十六歳まで在籍。民営化後の十六年間を含めれば都合四十年。鉄道員が自分のアイデンティティーとなってしまった。蛹の期間は十五年くらい続いたように思う。

新入社員研修の最終講義は私の役割である。昔の自分を見ているような気分になり、ついお節介を言う。

「君たちの中に当社を辞めたいと思う者が必ず現れるだろう。もしこれがやりたいというはっきりした目標が他にあるのなら遠慮なく辞めるとよい。しかし、ただここは面白くなさそうだと感じるだけなら、いったん選んだ道を歩き続ける方がよい。私も迷いながら歩き続けて今日に至ったた一人だ。ただ何時でも辞めてやるという気持を持つことは精神安定上常に有益である」

近頃の日本を見ていると昔の国鉄に酷似している。しかし、こと国家となると、何時でも辞めてやるという自己暗示は利かない。日本人を辞めることは出来ないだけにことは深刻だ。

（「文藝春秋」五月号）

私はおばあさん

星《ほし》野《の》博《ひろ》美《み》
（写真家・ノンフィクション作家）

なぞなぞです。
英子は良男を「パパ」と呼びます。
良男は英子を「ママ」と呼びます。
英子はきよを「おばあちゃん」と呼びます。
きよは英子を「ママ」と呼びます。
良男はきよを「ばあさん」と呼びます。
きよは良男を「にいちゃん」と呼びます。
さて、三人はどんな関係なのでしょうか？

日本語が母語の人には、多分簡単ななぞなぞだろう。しかし世界には、このような家族の呼称関係に頭を抱える人のほうが、多いのではないだろうか？　日本人というのは、ものすごく入り組んだ近親相姦をしている、という誤解を受けるかもしれない。

日本の家庭ではしばしば、その家族の最年少者が各メンバーを呼ぶ名称が、その家庭内で流通する共通呼称になるという事態が起こる。我が家もその典型例だった。

我が家の最年少者は私だったため、私が家族を呼ぶ名称が採用された。母は夫を「パパ」、姑を「おばあちゃん」と呼び、父は妻を「ママ」、自分の母親を「ばあさん」と呼ぶようになった。その慣習に従い、祖母も嫁である私の母を「ママ」と呼ぶようになった。しかしなぜか祖母は、自分の長男である父の呼び方を一生変えなかった。祖母の若かりし頃、その家庭の最年少者である次男坊が長男の父を「にいちゃん」と呼んだため、祖母も父を「にいちゃん」と呼ぶようになり、それを死ぬまで通した。祖母の言語観の中で、父の位置だけは一生変わることがなかったという点は興味深い。

視線の原点が構成員の最年少者にあるということは、家族の構成が変化するに従って呼称が変化することを意味する。この問題を面白いと思うようになったのは、香港に住んだことがきっかけだった。

香港で大家族は珍しいことではない。香港に住み始めて間もない頃、友達に家族の呼称を教わった。彼女は家系図まで書いて一生懸命説明してくれたのだが、そのあまりの複雑さに、途中で音を上げた。

私にとって難関だったのは、広東語では家族構成員それぞれに厳密な呼び方があり、しかも父方と母方で名称が異なるという点だった。たとえば父方のおじいさんは「阿公《アコン》」、おばあさんは「阿婆《アポー》」、母方のおじいさんは「阿爺《アイエ》」、おばあさんは「阿嫲《アマー》」という。叔父や叔母、いとこ、孫のいずれも父方と母方では呼称が異なり、それに兄嫁、姉の夫、弟の嫁、妹の夫……と複雑極まりない。そしてその呼称は常に自分が軸の中心におり、家族構成に変化が生じても変わることはない。

つまり、家族構成員の多くが共通の呼称を用いる日本とはまったく発想が逆で、各構成員がすべて異なる名称で呼び合っているということになる。

こう考えたらわかりやすいだろう。三代で暮らす家族がいるとしよう。おじいさんにとっては、自分が父方の祖父「阿公」であり、かつ母方の祖父「阿爺」であったりし、おばあさんも「阿婆」であったり「阿嫲」であったりするわけだから、おじいさんが妻を「おい、ばあさんや」と呼ぼうとしても、おばあさん自身が二種類のおばあさんであるわけだから、妻を「ばあさん」とは呼べなくなる（自分でもわけがわからなくなってきた）。

おじいさんは妻を、どんなに年をとっておばあさんになっていても「老婆」（日本語だとまさにおばあさんの意味だが、広東語では妻を意味する）と呼ぶし、おばあさんは若くても年をとっていても夫を「老公」と呼ぶ。妻が年齢と家族構成図の変化によって「ママ」になったり「ばあさん」になったりはしない。

私自身は、どちらかというと広東語方式のほうが好きだ。いくら年を経ておばあさんになったからといって、その人は絶対的におばあさんであるはずもなく、誰かの母親であったり誰かの妻であったり、またなかったりする。その位置関係を無視して「おばあさん」「おじいさん」と呼ぶことは、その人のポジションを個人が判断しているというより、多数決で役割を押しつけているという感じがする。

自分がもし家庭を作ったとしたら、夫を「パパ」と呼んだり「おじいさん」と呼ぶようになるのかなあ、と想像すると、反抗したい気持ちがある。

ここで余談だが一つの疑問を挙げておきたい。「かぐや姫」や「桃太郎」の登場人物である老夫婦には子供がいなかった。双方とも「子供が欲しい」という思いが出発点となった物語だ。子供がいなかったのだから、当然孫もいなかったと思うが、互いを「おじいさん」「おばあさん」と呼び合うのは不自然ではないだろうか？

さて、私は猫を飼っている。しろとゆきといい、全身真っ白の母娘だ。しろは私の把握している限り、第一世代にころ、第二世代にまる、ゆき、みけ、ももという子供を産んだが、病死したり行方がわからなくなったりして、現在はゆきだけが残っている。

私はこれまで、猫の飼い主である人間が自分のことを「お母さん」と呼ぶ光景を何度も目にしてきた。飼い主である自分を親と見なし、猫を娘や息子と見なす、擬似家族だ。私は猫を産んだ覚えがないのだから、自分を「お母さん」と呼ぶのは倒錯だ。その倒錯の轍を踏まぬよう、これまで細心の注意を払ってきた。

それには、しろとゆきが母子関係にあることが大いに役立った。私が猫たちの母親役を演じてしまうと、ゆきの母はしろ、しろの母は私ということになり、私はいきなりおばあさんになってしまう。さすがに自分を「おばあさん」と呼ぶのは抵抗がある。猫は擬似家族ではなく、同居者だもんね、とリベラリストを気取っていた。

そんな矢先のことだった。

ある日気づいてみたら、私はしろのことを「お母さん」と呼んでいた。まったくの日本語的感覚で、最年少者であるゆきの視線に同化してしまったのだ。

自分を「お母さん」と呼ばない代わりに、猫を「お母さん」と呼ぶ。

私は猫の腹から産まれたのか？

どうしてこの呪縛から逃れられないのだろう。人間の言語感覚は、ちょっとやそっとの決意や思想ぐらいでは変えられないもののようだ。


（「暮しの手帖」四―五月号）

紀宮様のお誕生日に

山岸《やまぎし》哲《さとし》
（山階鳥類研究所所長）

紀宮清子内親王殿下に、謹んでお誕生日のお祝いを申し上げます。天皇・皇后両陛下におかれましても、紀宮様がつつがなくお誕生日をお迎えになられましたこと、大変おめでとうございます。

ご臨席の大勢の皆様方の中で、私がこのようにご祝辞を申し上げるのが、ふさわしいのかどうか、はなはだ心もとないのでございますが、紀宮様が一週間のうちで二日も、我孫子の山階鳥類研究所へおでましになられているということは、じつに日中の時間の七分の二は、私どもの研究所でお過ごしになっておられるわけでございまして、研究所でのご研究振りなどを交えながら、山階でのご生活ぶりの一端を、両陛下にお伝えさせていただくと同時に、ご参会の皆様方にもあわせてお知らせし、私のお祝いの言葉に代えさせていただきたく存じます。

まず、紀宮様のご研究について申し上げます。宮様はいろいろご研究あそばされておりますが、私は二つのことを強調させていただきます。ひとつは皇居でのカワセミのご研究で、もうひとつはジョン・グールドの鳥類図譜のご研究でございます。

カワセミのご研究は、このほど山階鳥類研究所研究報告創刊五十周年記念号に論文としてまとめられました。十二年間の長きに及び、きちんと個体識別のリングをつけられて継続観察されたその研究結果は重いものがございます。このご研究によって、カワセミの同じつがいが、うまくいくと、多いときには年間に三回、同一の巣穴で繁殖すること、事故がないと少なくとも二年間は同一のつがいが保たれたこと、皇居では一つの巣から、平均的に六羽強の雛が巣立ち、これはヨーロッパならび国内での数字と大差ないこと、などを実証的に明らかにされました。とくに、皇居でリングをほどこしたカワセミが最も遠いところでは、二十四キロも離れた、清瀬市金山緑地公園に現れておりまして、大都会東京の中の皇居が決して孤立した環境ではなく、周りと見事につながっているのだということを証明されたことに私は大きな意義があったと思っております。また、研究の余談としてお伺いした、カワセミの雛がヘビに取られないように、害虫駆除用の粘着板を巣の周りにとりつけて、ヘビの侵入を防いだというお話には、私も似たような試みをフィールドでやったことがありますのでほほえましくお聞きいたしました。

この論文作成の過程で、失礼ながら図表の書き直しを含め、たくさんの問題点や修正点をご指摘させていただきましたが、それらのすべてに、すばやく反応され、ご自分の納得できる点は修正され、ご自分が納得できない点は「これこれこうだから、所長のおっしゃることは違うのではないでしょうか」ときっぱりと反論されたことが私の印象に強く残っております。素直さと同時に、芯のお強い面がうかがわれ、科学者としてもっとも大切な資質をお持ちのようにお見受けいたしました。

次に、鳥類図譜のご研究です。著名な鳥類画家である、ジョン・グールドが十九世紀に全部で四十巻出した大判の鳥類図譜がございます。そこには三千枚に及ぶ石版画に彩色して描いた見事な鳥類画が収められているわけですが、何分とも出版後一世紀半近く経過し、鳥の学名が変わってきてしまいました。学名は分類学の命でございます。変わってしまった学名を、もっとも新しい学名と対照させて、そのすべてを修正するお仕事にここ十年来従事されていらっしゃいましたが、そのお仕事がこのほどほぼ完成し、玉川大学出版会から、その成果が本年中には世に出る運びとなりました。このような地道な研究は山階鳥類研究所でこそできる仕事であり、大学など他の研究機関には、なじまないご研究でございます。今回のご出版は研究所といたしましても大変ありがたいことと感謝申し上げております。

また、宮様は、研究所では資料室という部署に属されて、お仕事をされていらっしゃいますが、研究所に完全に溶け込まれ、冗談を言い合いながら、所員たちと和やかにお過ごしになっておられます。お昼にはご自分で作ってこられたお弁当を研究員仲間とお開きになり、率先して仲間のお茶を入れられたり、コンパなどの時にはエプロンをされて、かいがいしく、お手伝いをされておられます。

紀宮様には研究所のことを常にご心配いただいており、新米所長の私が困った時にご相談申し上げると、いつもやさしく、「兄の総裁にご相談されてみてはいかがでしょうか」とおっしゃられます。総裁の秋篠宮殿下にその旨ご相談申し上げると、かならず「それは妹から聞いております。こうされたらいかがなものでしょう」と実に的確なお言葉が返ってまいります。このことからもご兄弟仲が大変よろしいことも窺われます。

紀宮様、これからもどうか、ご健康に留意され、ますますご研究にいそしまれますよう、心からお願い申し上げます。また、これを機会に、紀宮様がこれほどまでに大切に思ってくださっております山階鳥類研究所に対し、ここにご参会の皆様方の温かいご支援を賜れますよう、これまた、お願い申し上げます。これをもちまして、甚だ簡単ではございますが、お誕生日のお祝いの言葉とさせていただきます。

それでは、「おめでとうございます」の乾杯の発声をさせていただきます。

「乾杯！」（平成十五年四月十八日 皇居「連翠」にて）

（「文藝春秋」七月号）

武士の娘は「き」の字に眠る

福《ふく》田《だ》はるか
（作家）

書評の縁で、明治生まれの国際人としてしなやかに生きた女性、杉本鉞子《えつこ》の生涯を知ることになった。明治三十年代にアメリカに渡り、伝統的な武家に生育した娘の文化を記して西欧に紹介した人物である。大変な業績を残した人であるのに、うかつにも私の読書歴からはすっぽり抜け落ちていたのであった。

書評対象となった本は、多田建次著『海を渡ったサムライの娘　杉本鉞子』（玉川大学出版部）というもので、表紙の写真に、丸髷に紋付姿の、お月様のような丸顔の小柄な女性が座布団に形よく座っている。著者は明治期に異文化に接触した二人の人物、西欧文化を日本に紹介した福沢諭吉と日本文化を西欧に紹介した杉本鉞子を比較、分析しつつ、鉞子が到達した精神世界を敬愛の念を持って述べている。鉞子の著書『武士の娘』はルース・ベネディクトの『菊と刀』に六ヶ所にわたって引用されており、ルースその人の武士道観を修正するほどの存在感を示しているし、アメリカの中等学校の教科書『偉大な開拓者』には、モーゼ、キリスト、ジェファーソン、ワシントン、リンカーン、エジソンら世界的人物と並んで鉞子が取り上げられているという。『武士の娘』から引用された部分がどれも魅力的であったのと、その書を「みずから手にとって、味読されたい」と記す著者多田氏の篤い促しによって、私はすぐにも読みたいと願った。幸い本はすぐ手に入れることができた（ちくま文庫）。

鉞子は明治六年長岡藩筆頭家老稲垣平助の末娘として生まれ、尼にと望む祖母や家の後継者にと望む父の思惑によって、幼時より伝統的な武家の厳しい躾と教育を受けて育った。名前の鉞は「まさかり」の意で、武士の躾は「どのようなことにも処してゆける」覚悟と心の制御の精神がその中心であった。

維新における長岡藩は、過酷な運命に翻弄されている。主戦派の河井継之助が恭順派の小林虎三郎や稲垣平助を抑えて、佐幕の立場で戦った結果、破れて、城下はことごとく焼失したという。その再生の道のりのなかで小林虎三郎の〈米百俵〉のエピソードは有名であるが、それらの水面下で長岡藩の存続と藩主の助命を願って単身新政府と難しい交渉を重ねたのが鉞子の父平助である。

彼女が記しているのは雪深い越後の冬の子どもたちの生活、お噺、北越地方のしきたり、言い伝え、冠婚葬祭の行事などで、そのどれもが魅力的ないいまわしと豊富な語彙によって生き生きと語られている。そのなかでも何よりも驚嘆するのはその躾の厳しさである。わずか六歳の女の子に「四書」を学ばせる。教えに来るのは、近くの菩提寺の高名な学僧である。「勉強している間、体を楽にしない」という慣わしで、お稽古の二時間の間、師は手と唇を動かすほか身動き一つせず、鉞子も畳に正座したまま微動も許されない。

ただ一度、鉞子がほんの少し体を傾けて膝を緩めたことがあった。すると師の顔にかすかな驚きの表情が浮かび、やがて静かに本を閉じた。「お嬢様、そんな気持ちで勉強はできません。お部屋にひきとって、お考えになられた方がよいと存じます」と師はいった。恥ずかしさに胸もつぶれる思いの鉞子は、床の間の孔子様の像にお辞儀をし、師にも頭を下げてつつましく部屋を退き、父の部屋へ稽古が終わった報告にいく。「おや、随分早くおすみだね」という父の言葉が「まるで死刑を告げる鐘の音のように響いた」と彼女は回顧する。

寒の三十日間は難しいことを時間も長く勉強させられる。なかでも寒の九日目は一番寒さが厳しく、その日の早暁に雪一色の庭に下りて、空から落ちたばかりのけがれのない雪を取り、硯《すずり》に入れる。

「居心地よくしては天来の力を心に受けることができない」ということから、火の気のない部屋で手習いをする。寒さに凍えて紫色になった手を見て、そばにいる乳母がすすり泣きをするまで気がつかないほど、幼い鉞子は心を集中して励むのである。さすがにこの思い出は辛いものであったらしく、彼女は「忘れも致しません」と記している。稽古のあと、温めてあった綿入れにくるまれて、祖母の部屋であたたかくて美味しい甘酒を飲ませてもらう。胸の痛むような記述を読み継ぎながら、ここにきて私は心底ほっとしたのであった。

鉞子は昔噺を聞くのが大好きだった。祖母のいかめしいお噺は、祖母の前の畳に坐って小さな手をしっかりと膝に重ねて聞く。けれど乳母のいしのお噺を聞く時にはすっかりリラックスして聞くのであった。

あたたかい寝床の中にまるまって、笑いこけたり、途中で口をはさんだり、「もう一つ」とおねだりをしたり致しましたが、やがて時が来れば、いしは、笑いながらも、行燈の燈心を一本に細め、紙の下げ戸をおとすことを忘れませんでした。そうするとほのかにやわらかい光につつまれた中で、私はおやすみなさいといい「きの字」に体を曲げて眠るのでした。武士の娘は眠る時、必ずこのきの字なりにならなければなりませんでした。（『武士の娘』）

男の子は悠々と大の字になって眠ることをゆるされたが、女の子は身も心もひきしめて、穏やかな中にも威厳をそなえたきの字なりにさせられたのであった。

彼女の少女期には辛い縮れっ毛の思い出もある。髪結いは熱いお湯に美男葛《びなんかずら》をひたしたものと固い伽羅《きゃら》油を髪に染ませ、ぎゅうぎゅう後ろにひっぱり、しっかり結わえておく。目がつりあがるほどにひっぱりこわばった髪がのびきると、稚児輪《ちごわ》に結い上げるのである。木の枕にそっと頭をつけ、どんなに気をつけて休んでも、翌朝には必ず襟足にこまかい巻き毛があらわれ、鬢にはあやしげな波が打ってしまう。

ところがこの縮れっ毛の少女は、十四にもならぬ歳にアメリカで商業を営む杉本松雄と婚約をすることになる。急遽英語の学習が必要になったことから、彼女は東京のミッションスクールへ遊学する。当時長岡から東京までは、人力車と馬と陸蒸気を乗り換えて八日もかかる旅であった。

入学した学校は家の教えと違って何もかも自由自在で、鉞子はその幸福を心ゆくまで味わう。校長先生が運動場に一区画ずつ土を持たせてくれた時、「個人の権威というようなもの」を感じた鉞子は他の友達のように花の種を蒔かず、馬鈴薯を植えた。「伝統を破ることもなく、家名をけがすこともなく、親や師の心をいためることもなく、世界中の何ものをも損なうことなく私は自由自在に行動できるのでありました」と彼女は記している。

明治三十一年二十四歳の時鉞子はまだ見ぬ夫の待つアメリカ東部の街シンシナティにひとりで旅立つ。当地で結婚生活をスタートさせるにあたって、夫松雄の顧客でもある上流家庭のウィルソン家との親交を得る。特に当主の姪にあたるミス、フローレンス・ウィルソンとは、以後十二年もの間共同生活を送るほどの仲となる。フローレンスとその母の家で、鉞子は自由の精神に裏打ちされた東部上流の家々の暮らし方、人々との交流を学んでいく。フローレンスの慈愛は深く、姉とも母ともいえるものであった。日々の生活のなかで異国の文化に驚いたり感心したり、自国の文化を見直したり、行間から感受性豊かな生き生きとした鉞子の暮らしぶりが伝わってくる。鉞子の優れたところは、日本の文化、伝統を深く理解した上で、異国の文化を正確に把握し、また、相手国の人々に日本の文化や伝統を誇りをもって誠実に伝えようとすることにある。そこには彼女の特質である稀有なバランス感覚が働いている。

夫の早逝によって鉞子は家計を担うことになり、文筆で立つことを決意する。フローレンスの励ましもあって雑誌や新聞に投稿を繰り返した暁に、幸運が舞い込み、雑誌「アジア」に自分の半生を語った「武士の娘」を十回にわたって連載することになる。また一九二〇年から二七年までの七年間、鉞子はニューヨークのコロンビア大学の公開講座で、日本語と日本文化史の講師も務めている。英文で書かれた『武士の娘』は好評を博し、一九二五年ダブルデー・ドーラン社から単行本として発行された。その後ドイツ、フランス、デンマーク、スエーデン、フィンランド、ポーランド、日本など七ヶ国語に翻訳されている（日本語訳は大岩美代）。『武士の娘』が欧米で好意的に読まれた背景を、多田氏は、フローレンスの影響のもとで鉞子の文章が、アメリカ東部清教徒の健全な家庭の観念に溢れているからであると、清岡暎一（福沢諭吉の孫）、千代野（鉞子の次女）夫妻の言葉を引いて述べている。『武士の娘』は鉞子個人の枠を超えて普遍的な武士の娘の文化を伝えるものとなっており、そこには民俗学、社会学の分野における資料の宝庫ともいうべきものが満ち溢れている。

生前の鉞子を知るシンシナティの古老たちは、鉞子亡きあとも〈グレート・レディー〉と呼んで敬愛していたという。

（「モンド」第八号）

アウシュヴィッツの真実

浅《あさ》田《だ》孝《たか》彦《ひこ》
（テレビ朝日社友）

《人間って、こんなにも残酷になれるものなのか》

アウシュヴィッツに行ってもう二年半にもなろうというのに、私の心のどこかにまだそんな想いがずっしりと淀んでいる。

そこは第二次世界大戦で、ナチスの占領下（一九三九―四五年）捕虜を含む数多くのユダヤ人が強制収容されていたところ。そこには常に二五万人が収容されており、虐殺された者の総数は一四〇〇万人とも、一五〇〇万人とも言われている。

アウシュヴィッツという地名はドイツ人がつけたもので現在では昔のオシフィエンチムに戻っているが、そこは、戦争中にナチの司令部が置かれていたポーランド王国の首都クラクフから西に、五四キロ離れたところにある。

この収容所を私が訪ねたのは、二〇〇一年五月二十八日のことである。

クラクフから一時間余、収容所跡の案内センターの前でバスを降りる。そこはレンガ造りの展示館にもなっていたが見学は後にまわし、まず収容所の入口に向う。

ゲイトに立っている鉄のアーチにはARBEIT MACHT FREI（働けば自由になる）と書いた大きな文字が錆びついていた。Bの文字だけが上下逆にとりつけられているのは、これを作った収容者のせめてもの抵抗だったのだろうか。

収容所は高圧電流が流されていた有刺鉄線によって二重に囲まれている。中に二八の囚人棟が二本の通路の両側に整然と並んでいた。すべてがレンガ造りの二階建てで、収容所になる前はポーランド軍の兵舎であったことがひと目で解る。

ただ一人の日本人ガイド中谷剛さんの案内で、棟の幾つかを見て廻った。道路に面した横が入口で、カンテラのような鉄製の街灯の隣りに1～28のブロック番号がつけられている。ペンキの剝げおちた木の扉を入ると通路を挟んで部屋が並び、木の階段を上った二階も同じ。ベッドなどは取り外されていたが、この大きさなら一棟に三〇〇人くらいの兵隊が寝起きしていたのであろう。収容所になってからは、一〇〇〇人がつめこまれていたという。

それぞれの棟が博物館になっていて、棟によって展示が異なっていた。ある棟では毒ガス「チクロンB」の空缶が壁面のガラス・ケースの中に山積みにされていたし、別のケースには、数えきれない程の眼鏡や、すりきれた靴もあった。山のような毛髪は、頭を剃られた女性たちの遺髪である。

写真の展示棟には、正面、横、斜の三つの角度から撮られた収容者の小さなポートレートが壁を埋めつくしていた。縦縞の囚人服を着せられたそれらの写真には番号しかない。腕に番号を焼きつけられた瞬間から氏名は抹殺されていたのだ。

また、収容所での凄まじさを壁一杯に描いた棟もあった。小さな写真を拡大して描いたものであろう。ある画からは「ママ、水、水をちょうだい」と訴える痩せこけた子供の声が聞こえてきた。老人の空ろな眼差しは、何を見ているのであろうか。

中でも眼を覆いたくなったのが「死のブロック」と呼ばれている、南端の第一一号棟である。地下は死刑囚の独房であった。扉に覗き窓がついている。ここに収監された者は一人残らず、一〇号棟との間にある「死の壁」を背に銃殺されたという。どれだけの血が流されたことであろうか。幅五メートルの部厚いコンクリートの壁の前には、その日も幾つかの花束が供えられていた。

平屋の司厨棟の前の通りに高さ二メートル余の鉄枠が組み立てられていたが、こうして殺された人の死体が何人も何人も、みせしめのためにここにぶら下げられていたのだ。収容者はどんな思いでこれを見ていたのだろうか。それを思うと、足が重くなってきた。

全体が見とおせる道路の南端には、木造二階建ての監視塔が立っている。かつてはここに機銃が据えられていたのだ。下に髑髏を描いた高札が立っていた。これなら文字が読めない者にも判る。

「ここはもういいでしょう」と案内人の中谷さんに促されて、有刺鉄線で囲まれた収容棟を北に抜ける。

と、右手に木の絞首台が一つ立っていた。階段は三段だけ。これでは、引っ張り上げて殺すしかなかっただろう。左手のガス室の中は何故か見せてはもらえなかったが、レンガ造りの四角い煙突がある正面の建物が死体の焼却場であった。中には焼却炉が背中合せに四基。薄暗いここにも生花が供えられていた。

その時ふと、こんな思いが私の頭をかすめた。本当にここで、一五〇万人もの人間が殺されたのだろうか。この数字が正確なら、四年の間に毎日一〇〇〇人が殺されたことになる。ここでそんなことが出来る筈がない。

私はその疑問を率直に中谷さんに投げかけてみた。

「ここは収容所のほんの一部。多くの人が殺されたのはビルケナウのほうです」

「え？　アウシュヴィツじゃなかったの」

「ビルケナウが第二アウシュヴィツなんです。そちらにご案内しましょう」

そこは二キロほど北にあった。広々とした畑の中にレンガ造りのゲイトが見えてくる。これが「死の門」と呼ばれている入口であった。傍らに案内図があり、第一収容所の一〇倍もの広さの中に、三〇〇棟が描かれている。

「この上からが一番よく全体が見渡せます」

そう言われて、ゲイトの中央に立つ監視塔の三階に上る。四面がガラス窓になっていた。この真下から、朽ちかかった枕木の上に一本のレールが中に一直線に延びている。途中で何条にも岐れているのは、それだけ送り込まれた人数も多かったのだろう。何時間も、何十時間も貨車につめこまれて運ばれてきた何十万という人々の姿が浮ぶ。

広大な敷地の中には木造平屋の急造バラックが数十棟残っているだけ。あとは、ナチスが退却する時に壊してしまったのだという。

「あのバラックの中が三段ベッドになっていて、そこにつめ込まれていたんです。行ってみますか？」

ガス室の跡も、遺灰を撒いた泥沼もあるというが、もういい。私はこれ以上、視るのに堪えられなかった。だからと言って、毎日一〇〇〇人の人間が殺されていたということが納得できた訳ではない。

ホロコーストと呼ばれているナチス・ドイツによるユダヤ人の大量虐殺。それは否定できない事実であるが、その狂気としか思えない動機は何だったのだろうか。

中世以来ユダヤ人はキリスト教社会から異端視され、迫害されてきた。そこにしか住むことを認められなかったゲットーと呼ばれる区域が、今でもヨーロッパの多くの都市に残っている。シェクスピアの戯曲を読んでも、登場するのはシャイロックのような血も涙もない高利貸しなどで、善良なユダヤ人は一人も描かれてはいない。ヒトラーを虐殺に踏み切らせた土壌がこんなところにあったことも見逃してはなるまい。頼るべき国家を持たないユダヤ人が生きて行くには、お金か芸の力に頼るしかなかったのだ。

ヒトラーが第三帝国の資金を彼等に求めたが拒否され、それが動機だという説もあるが、それにしてもこの大量虐殺は異常である。

その虐殺の実行責任者が、親衛隊の将校アドルフ・アイヒマンであった。戦後十数年間姿をくらまし、アルゼンチンに潜伏していたところを発見されたのだが、エルサレムの法廷で裁かれた時の記録映像が瞼に浮ぶ。

防弾ガラスで囲まれた証言台の中で、彼は「私は将校として、命令を忠実に実行しただけだ」と冷酷な表情で述べていた。

国家のために見ず識らずの敵を殺しあうのが戦争である。とすれば、この世から戦争がなくならない限り悲劇は続くことになる。

曇り空の下に寒々と拡がる荒野の中から、次から次にこんな思いが浮んできた。

「頭を丸坊主にされ、シャワーを浴びさせると言ってガス室に入れられたんです」

そんな中谷さんの説明までもが、私には寒々と空ろに響いた。

スピルバーグが制作したドキュメンタリー映画『ホロコーストの追憶』にも、確かこのような脱走者の告白があった。

これらの事実については「ショアー」という団体が現在でも調査を進めている。ショアーは、ホロコーストのヘブライ語だという。今後更にどれだけの真実が明らかにされるのか。残虐な事実の追及だけではなく、もっと多くの視点から探索を積み重ねてほしい。憶測や誤った数字は、その現実さえ見失わせてしまいかねない。

「神は何故私を見殺しにされるのか」

こう叫んで処刑されたユダヤ人への答を、私はいまだに出せずにいる。

ともかくアウシュヴィッツは、広島、長崎と並んで忘れてはならない、世界最大の負の遺産である。にもかかわらず、人間はまた愚かな戦争を繰り返している。

（「凩の声」第五十一号）

マナーの達人

熊倉《くまくら》功夫《いさお》
(財)林原美術館館長

マナーとか行儀作法といえば堅苦しいが、生活の知恵として考えてみると、なかなか便利なものだ。

私は東京育ちながら、今は京都に住んでいる。「家は大徳寺の近くです」というと皆さん(京都の人以外)は「うらやましいですな」といいつつ、「でも暮らしにくいのじゃありませんか」と気の毒そうな表情を見せる。市田ひろみさんがいっている。「京都の人はいけずで、うるさくて、それはもう大変だと皆さんいわはりますけど、本当のところは……(ここで一拍置いて)いけずです」(笑)。必ずしもそうとは思わないが、京都の作法は奥が深くて、新参者には計りしれないところがある。それだけに、やりとりが柔らかくて間合いのとり方が独特だ。

こんなことを聞いた。大雪が降ったとき、お隣の家の瓦が雪と一緒に落ちてきて当方に多少の損害があった。そのとき、どういうものいいをするか。「おうちの屋根にキズがいったようですがお気づきですか」、これですべてが通じるのだそうだ。

ところが「そんなことをいうたかて、通じまへんで」と大阪の人はいう。同じ関西でも、一つ町を隔てたら通じないところが行儀作法にはある。地域とか、クラスとか職業、世代によって、それぞれ別々のマナーがある。しかし細部は千差万別のマナーだが、同じ日本人であれば心得ていて悪くない、共通の生活技術とか、風俗と考えてもよい。だからこそ大事なのである。しかも、ちょっと怖いところがある。

平安時代の話。平将門《たいらのまさかど》が兵を起こした。ある武将が応援に将門の陣営に駆けつけると、ちょうど将門は食事中。その場に招き入れられて歓待されたのはよいが、将門の様子を見ると、飯をボロボロと膝にこぼして一向に平気な顔をしている。これは棟梁《とうりょう》にはなれぬ人だと、武将は応援の兵を引きあげたという。たかが食事のマナーであるが、人間の運命を決めてしまうような怖さがある。逆にそれさえ会得《えとく》しておけば、有力な知恵となる。

といって、マナー本を読みなさい、とおどかしているわけではない。読めば身につくというものではない。人のふり見て我がふり直す、という諺《ことわざ》があるように、人のふるまい方を見ていると、へえーと思うことがたくさんある。他者を見る、他者から見られる、という関係が、マナーの基本をつくってきた。これが日本のマナーの特徴である。

「人に見られて恥ずかしくないように」というが、ここでいう「人」とは、未知の赤の他人は含まれない。見ず知らずの群衆のなかでは、案外、日本人は無作法になる。いわゆる、旅の恥はかき捨て、である。ところが顔見知りとか、誰か知っている人がいるかもしれない場所になると、なりふりに気を付ける。こうした見知りごしの領域のことを「世間」と呼んできた。世間に顔向けができないことをしてはいけないから、いつも世間の目を意識して自分の行動を規制し、マナーをつくりあげてきた。

子供のころ、ふるまい方を一番厳しく見られていたのは家のなかである。うるさいオヤジがいた。ジイさんバアさんもいた。ヨメとシュウトメも同じ屋根の下にいて、家族といっても実は赤の他人だ。他人行儀という言葉があるが、他人がいればこそ行儀が必要になる。つまり家の中にも行儀が必要だった。マナーとは、人づきあいの技術だから、間にクッションとなるマナーがないと、たちまち衝突してしまう。ところが、こうした家のなかから見つめあう厳しいまなざしが、今は急速に消えた。第一、うるさいオヤジがいなくなった。二世代同居することも少ない。まるで友達のような夫婦、親子が珍しくない。家のなかの緊張感はすっかり影をひそめた。

家の外に目を移してみよう。

あれほど気にしていた世間という言葉が、今や死語になりつつある。近年は仲人をたてる結婚式が五〇パーセントを割ったという。仲人は、いわば世間の代表者で、夫婦を監視し保護する役であったのが、有名無実となり、不要になった。家のなかも、世間も、さらにその外の世界も境目がなくなって、自由気ままな時代になった。おのずから他者の目を気にして自己規制するマナーも消えつつある。

考えてみれば家族や社会の変質にともなってマナーも変化するのだから、ジコチューも車中の傍若無人のふるまいも、仕方あるまい、と思っていた。ところが、である。どうも、現在進行中のマナーの変化は、そんな説明では間に合わない。得体の知れないところがある。自由気ままという段階を越え、とんでもないことが起こっているようだ。その原因は情報革命らしい。

昔からマナーが問題になると「近頃の若い者は」、というのが決まり文句であった。マナーの衝突は世代間の摩擦と考えるのが常識だった。トップにいる年寄り世代は既成の秩序を守るためにマナーに従え、という。それに対して若者はマナーを壊し、自らの価値観にあった新しいマナーをつくりだしてきた歴史がある。

しかし、今のマナーの変化は、こうした世代論でも家族論でも説明がつかない。携帯電話とメールによって、マナーの根底が揺るぎだした。所かまわず電話がなり、メールが入る。食事中であれ、睡眠中であれ、バカンス中であれ、職場であれ、一向に頓着《とんちゃく》がない。年寄りも若者も、目上も目下も関係がない。つまり、人間関係の「間《ま》」というものがなくなってしまった。すべてがフラットな存在になった。一人ひとりの違いが見えないし、生々しい人間関係はますます希薄になっている。

その結果、マナーの衝突は、「間《ま》」を必要とする人たちと、必要としない人たちとの間《あいだ》の摩擦となった。極端にいえば、である。

そこで「間《ま》」を必要とする側にいる者として、是非、生活の知恵として「間《ま》」の再考を提案したい。

剣道や柔道では間のとり方で勝負が決まる。亡くなった名人の古今亭志ん生の落語は、病気のあとで口跡《こうせき》が不自由になっても絶妙の間で聞く人を楽しませてくれた。空間的な間も時間的な間もある。年齢や季節、あるいは色の取り合わせのような美的な間もある。この間は単なる空白ではない。緊張感に満ちた間こそ実体であり、その両端にある極は、仮の存在であると、逆に考えてみてはどうだろうか。

間という言葉は使っていないが、最初に間の美学を説いたのは九鬼周造《くきしゅうぞう》の『「いき」の構造』であろう。

いきとは男女の媚態《びたい》であると九鬼はいう。セクシーでなければいきではない。だから上品のなかに多少の下品がまじっていたり、地味のなかに華やかさが含まれていてこそ、いきである。しかし、それも昼と夜では含まれる割合が変わる。もちろん場所、人と人との間柄《あいだがら》によって間合いは変わってくる。ほどよい間合いがとれれば、間がよく、それが悪ければ、間抜けになる。間を上手にとれる人こそいきな人であり、マナーの達人である。

携帯やメールによって人と人との距離感を喪失したら、現実の間合いに対して不感症になりかねない。それでは困る。他人の目を意識し、つかずはなれず、いきな間を心がければ、きっとマナーの達人になれるだろう。

（「文藝春秋」十二月臨時増刊号）

にぎやかなフライパン

水《みず》木《き》怜《りょう》（音楽家）

私が物心ついたとき、我が家は女ばかりの集まりだった。父は昭和二十年の三月、南方で戦死し、ちょうどその年の六月、まだ戦死の通知が母のもとに届かぬ頃、兄が疎開先で水死した。まだ十五歳だった。戸板に乗せられて庭先に運び込まれてきた兄に「お父様になんて詫びたらいいんだろう」と母は泣いていてすがったという。私はその時まだ二歳で何も覚えていないが、母はその苦しみをどんなにして乗り越えたのかと、思う度に可哀相で胸が締め付けられる。終戦になると私たち家族は大分の疎開先から福岡へと帰ってきた。私はその時期、人見知りの激しい子で、汽車から溢れんばかりの人の中で泣き叫んだらどうしよう……、と母は思ったそうだ。ところが私は突然のように人見知りがなおり、汽車の中で大きな声で歌を歌い、沈みきった汽車の中の空気を明るくさせて皆を喜ばせたのだという。

「まんまあ、ぼうず、はげやんまあ、いっちいみなあ、わあいもの」とこれは「丸まる坊主のはげ山は、いつでもみんなの笑い者」という歌詞なのだが、それはかわいくて、綿のように疲れ切った乗客の心にしみ渡り、降りる時には「お嬢ちゃん、ありがとう」と声がかかったそうだ。

それから母と私たち三人姉妹、あわせて四人の女ばかりの暮しが始まった。戦後の物のない時代に、育ち盛りの三人娘を抱えて母はどんなにか苦労をしただろう。

そう強くもない母の無理がたたって、母は結核に感染し、私は物心ついた頃から中学一年までの時期をばあやに育てられた。というといかにも金持ちの家のようだが、実際はそうではなかった。私の親戚は全てが医者で、まわりは裕福だったが、私たちは、もと医者の家族というだけで、父が残した貯金はインフレで紙屑同然となり、「遺族の家」と書かれた札が掲げられた大きな家の中に、女四人が肩を寄せ合う生活だった。というとまた、可哀相な印象をうけがちだが、我が家は実に賑やかだった。母は働かず、いつも家にいて年金と僅かな家賃で、それはつましい家計のやりくりをして私たちを育てた。食事は私たちの胃袋を一杯にするために、いつも腹持ちのいい西洋料理を作った。当時、一盛り百円程度の鯵も開いて骨を毛抜きで取り去り、片栗粉にまぶして揚げたあと、甘辛くこってりと煮込めば、それは美味しい御馳走となった。甘鯛の百円の切り身は、そぎ切りにして量を増やし、衣をつけてフライにした。オムレツに使う卵の数は、四人家族で三個、肉は四十匁に決まっていた。母曰く「四十匁というと少し多めに入れてくれるから」だそうだ。

そんなつましい生活の中で、私たちはクリスマスや誕生日、お正月などの行事をかかさなかった。なかでもクリスマスは我が家の一大イヴェントだった。庭の樅《もみ》の木はそのつど掘り起こされて、ツリーとなり、三人娘は三部合唱で唱歌を歌い、心ゆくまで夜更かしをしてトランプをした。

その日のために皆、こそこそと隠れてはプレゼントの用意をするのが、それはまたこよなく楽しいことだった。翌朝、母は私の枕元に小学館のお正月特大号の雑誌のプレゼントを忘れなかった。誕生日祝いには、いつもは使わない特別の大きなランチ皿が登場して、心のこもった手料理がこまごまとならんでいた。

母に叱られた記憶は一度しかない。まだ、母が二階で一人隔離されて療養していた頃、私はわがままで手がつけられない子どもになっていた。母は私を枕元に呼び、じっと悲しそうに私を見て、私の太ももをいやというほどつねってから「もう下に行きなさい」と云った。あの時、母はなにを云いたかったのだろう……、おそらく自分の身体が思うようにならぬはがゆさを思い、心で泣いていたのではないだろうか……。娘たちが成長して、おしゃれに精出すようになると、母は娘の注文にあわせて古いミシンをかたかたと踏んだ。

その後、私は結婚したものの、十年後には離婚して再び母に厄介をかけることになった。私はしゃかりきになって働き、母は「うちの家系は肺が弱いからあまり無理しないように」と私の身体を心配した。母は私と二人の息子のために愛用のフライパンで料理を作り、それは八十二歳で他界する三週間前まで続けられた。

思い返せば、私はいつも母に誉めてもらいたい一心で頑張ってきたような気がする。母が他界してもう十二年になるが、まだ私は心の中で母といつも対話している。母にしてあげられなかったこと、云えなかったこと、見せたかったこと、謝りたかったこと、まだまだこれからの私の人生がある限り、私は母と対話しながら生きていくだろう。そして必ずや再び、来世で再会出来ると信じていたい。「あんたもよくやったね」と誉めてもらいたい。

（九州電力福岡支店発行「平成15年度第19回　おんなのエッセイ」）

桜の解毒作用

河《かわ》竹《たけ》登《と》志《し》夫《お》
（演劇研究家）

江戸開府四百年・江戸東京博物館開館十周年記念の「大江戸八百八町展」を見た。目玉はベルリン東洋美術館から里帰りした「熙代勝覧《きだいしょうらん》」（日本橋繁昌絵巻）だが、分厚い図録を繰るうち目にとまったのは、広重の「名所江戸百景・玉川堤の花」だった。いや、実は絵そのものより、上水堤に好んで桜が植えられたのは「毒消しの作用があると信じられ」たからだという解説中の一行に、ハタと思い当るふしがあったからである。

私が生まれたのは、渋谷の宇田川横丁――現在NHK西玄関口から駅へ下る道――と、今は暗《あん》渠《きょ》になっている宇田川べりとを結ぶ小さな横丁だった。そこは「桜横丁」とよばれていたという。いま「大向《おおむかい》区民施設」がある、その隣りの小さな借家だった。

一家がそこに住んだのは、関東大震災で本所の黙阿弥旧宅を焼け出された直後の大正十二年十月から、松濤《しょうとう》へ新築移転する十五年二月までの二年余。ここで黙阿弥長女つまり私の祖母の糸女が没し、その二七日《ふたなぬか》の十三年十二月七日に私が生まれる。だから私にはその宇田川の仮宅の記憶は全くない。が、桜については父繁俊《しげとし》がこう書いている。「もう三月も末になつて……桜横丁とか言はれるくらゐに、道の両側に植わつてゐる桜の芽も、一日ましにプク〳〵とふとるのが見えて来た。……」

しかしこのへんは、かつて近くに住んだ大岡昇平さんが『少年』に書いたように、「粗末な生垣を連ねたじめじめした一劃《いっかく》」だったようだ。私の『作者の家』にも詳述したが、亡母の話では、正体不明の一家が突然夜逃げしたり、泥棒が出没したり、病人がたえなかったり、若妻が火事を見て急死したり、共同井戸には得体の知れない油がギラギラ浮かんでいたり……と、陰鬱《いんうつ》なことばかりだったという。何度か糸女を見舞いに来た二代目左団次が、「どうもこの場所へくると、きっといやァな気分になります。ふしぎです」と小声でつぶやいて帰ったこともあった。

母自身もその川べりに立つと、訳もなく死にたくなった。その後、以前青山にいてこの地にくわしい恩師から、ここは元墓場だったときいて、母はああそうかと納得した。住民を病いと死に誘ったのは、地中から立ちのぼる瘴気《しょうき》、癘気《れいき》のせいではなかったか——と。

『作者の家』を書くに当って大岡昇平さんを成城のお宅にたずねたとき、この話をすると、桜の由来について『少年』には「地主の気まぐれ」からと書いた大岡さんも、「なるほど、だから青山墓地にならって、わざわざ桜を植えたんですね」と合点《がてん》の面持ちだった。

たしかに桜のある墓地が多い。しかしそれはただ、明るく華やいだ桜が参詣《さんけい》する人の心を和《やわら》げるからだろうぐらいに思っていた。ところがこんどの広重の絵の解説によって、毒消しという実用？　の信仰が根元にあったのにちがいないと、思い当ったのである。

いつ死ぬかといわれるほど病弱だった私が、どうやらこの年まで人並に生きたのは、生まれてすぐ桜横丁の桜で、解毒《げどく》されたおかげかもしれない。

（「文藝春秋」三月臨時増刊号）

この目で観た完全試合第一号

小川《おがわ》九成《くなり》
(日本電計㈱常勤監査役)

去る四月二十一日、ドジャースの野茂英雄《ひでお》選手が大リーグ通算百勝目を挙げた。日本人大リーガーのパイオニアとして、単身アメリカへ渡って九年目の快挙である。

「英雄《ひでお》」といえば私にとって忘れられないもう一人の英雄がいる。日本で初めて「完全試合」を成し遂げた、元巨人軍の藤本(後・中上)英雄のことである。

周知のように、日本で初めての完全試合は昭和二十五年(一九五〇)六月二十八日、みちのくは青森市営球場で達成された。翌日の読売新聞スポーツ欄に、「藤本(巨人)完全試合《パーフェクト・ゲーム》、空前の大記録」の見出しが躍っている。

実は、私は五十三年前、偉業達成の瞬間をこの目で観ていたのである。そればかりではない。当時、中学三年生で一端の野球少年を気取っていた私は、仲間とセンター後方の芝生の外野席に陣取っていた。そして、意図した訳ではないが、「完全試合第一号」には私のある行為が深く関わっていたのだ、と今も固く信じていることがある。

あの日は、明け方までぐずついていた天候も、朝にはすっきりとした青空が広がり、まさに絶好の野球日和になった。プロ野球の公式戦が青森県で行われるのは初めてであり、そのために改装を急いでいた市営球場にとっても記念すべき最初の試合であった。

赤バットの川上、千葉、青田らのスター選手を間近に見られるとあって、球場は二万人の大観衆で超満員となり、地元も県知事が監督に花束を贈呈、始球式は市長が行うという力の入れ方であった。

さて、問題の試合が開始された。先攻は西日本パイレーツ、読売ジャイアンツの先発は藤本である。藤本は先頭打者平井をいきなりノー・ストライク、スリー・ボールにしてしまう。もし、次の一球がボールだったら、「第一号」の栄誉を担うことになる「完全試合」は幻と消えたのである。

しかし、藤本はここで踏ん張る。三連続ストライクで三振に打ち取ったのだ。二番塚本の当たりも中堅寄りの鋭いものだったが、小松原の美技がこれをさばいた。三番永利は簡単なライトフライ。こうして一回表の攻撃は終わった。いよいよパーフェクトゲームへの道がスタートしたのである。

後に知ったのだが、選手たちは前日の夕刻に札幌を発ち、汽車と連絡船を乗り継いで、当日朝、青森に入るという強行軍であった。

藤本は、「札幌で投げているから、まさか青森では登板はあるまい」と連絡船ではほとんど徹夜で麻雀に興じていた。彼はもともと麻雀の達人だが、この時は特につきまくっていたらしい。青田らをカモに役満を連発し一人大勝したという。ところが、青森に着いたら、先発予定の投手が下痢を起こして登板不能となり、藤本が水原監督から急遽登板を命じられた。そこでごねていたら輝かしい大記録の芽は無かったのである。

幸いなことに、ダブルヘッダーの二試合目で時間があったのと、麻雀の荒稼ぎで気分は爽快であり、心身は準備万端仕上がっていた。これも運命のなせる業であろうか。

落ち着きを取り戻した藤本は、二回以降は彼が日本で初めて開発したといわれる得意のスライダーが冴えを見せ、三者凡退に抑え込んで行く。こうして試合は五回まで淡々と進み、その間に巨人は川上、小松原の適時打で2―0とリードしていた。

六回表の西日本の攻撃もすでに二死、この回も三者凡退かと思わせた時、次打者重松の一打はライナーとなってセンター右後方を襲った。あわや二塁打かと満場騒然となったその時、「奇跡」は起きた。中堅青田が快走、塀際でこれを好捕したのである。

ベンチの水原監督の目には、「青田は初め左翼寄りに守っていたが、何となく右翼寄りに移動していた（もし、最初の位置に居たままなら、抜かれていた）」ように見えた、という。しかしセンター青田がライト側に移っていたのは、何となく、ではない。それなりのちゃんとした理由があったのである。

前述のように、私は、センター後方の芝生の外野席で観戦していた。最初のうちこそ、「川上！　青田！」と声を張り上げていたが、淡々とした試合展開に次第に退屈になって来た。周囲の観客も思いは同じなのか、「プロ野球なんてこんな詰まらないものなのか？」などと、ぶつぶつ言いながら球場を後にする人々も増えて来た。

私たちは空席が広がって来たのをいいことに、芝生の上でキャッチボールを始めた。ところが手許が狂い、私の投げたボールがグラウンドに落ちてしまったのである。

丁度六回の表で、2アウトになった直後だった。思わず、「あっ！」と叫んでしまった。よほど大きな声だったらしい。青田選手が振り向き、わざわざ走って来てボールを拾い上げ、「君たち、グラウンドに落としちゃいけないよ」と微苦笑しながら投げかえしてくれたのである。

そして、急いでポジションに戻って行く途中で、あの重松のライナーが飛んで来たのだ。青田選手は懸命に背走しながら塀際で見事ダイビングキャッチした。

普通ならボールがグラウンドに落ちた時点でタイムがかかり、試合が中断されたであろう。それともボールが落ちたのは一瞬のことで審判も気づかず、やはり、何となく移動した、と思ったのであろうか。

「何となく」と見たベンチの疑問に青田選手はどう答えたか私は知らない。すでにこの世の人でない青田（平成九年十一月四日死去、享年七十三）に尋ねることも叶わない。しかし、青田のプレーを通じて、藤本の「完全試合」には結果的に私も大いに関わっていた、と今も信じている。

大記録達成の最大の山場は通過した。その後もピンチはあったが、すでに前人未踏の記録を意識したに違いない藤本は、インシュートとスライダーでこれをしのぎ、バックも無失策で盛り立てた。

いよいよ最終回・九回の表となった。第一打者はショートゴロ、二人目はセカンドゴロで簡単に2アウトになった。あと一人、というところで西日本は次打者重松のピンチヒッターとして小島監督が打席に入ったのである。歴史に残る大記録の達成を自ら阻止しようとしたのであろうか。

しかし、それを見た藤本は、「しめた！」と思った、と後に回想している。「小島監督とは私が明治、彼が早稲田の大学時代から仲が良かった。ある時彼が、『オレは2ストライク取られると、次の球が何でも振ってしまう癖がある』と漏らしたことがあるのをあの場で思い出した。そこで2—1となった四球目、外角へボールとなるスライダーを投げた。小島は期待を裏切らず、あっさりと空振りしてくれた」。

かくして、日本で最初の「完全試合」は達成された。投球数92、外野フライ6、内野フライ6、内野ゴロ11、三振7がその内訳である。ちなみに、得点は4—0、所要時間は1時間15分という、これも記録的な短さであった。

平成六年九月、全面改装なった市営球場の広場に「藤本英雄の完全試合の碑」が建てられた。「ここ青森市営球場において日本プロ野球史上初の完全試合が達成された」と刻されている。彼は記念碑の完成を見届けるかのように、平成九年四月二十六日永眠した。享年七十八であった。

去る四月下旬の一夕、私は久しぶりに現地を訪れた。初めて対面する碑《いしぶみ》は、折しも舞い散る桜吹雪をいっぱいに浴びて誇らしげに立っていた。しばし佇みながら、五十三年前、藤本英雄がこの地で成し遂げた「日本第一号」の輝かしい記録を偲んだのである。

実は、欠かすことのできない後日談がある。

正直言って、私の記憶は記述したほど鮮明でなく、当時の新聞（東奥日報、読売、日刊スポーツ、サンケイスポーツ）、雑誌（野球界、ホームラン）などを参考にしている。

ところが、肝心の、「グラウンドを転々とするボールを青田が投げかえしてくれた」というくだりについて、一緒にキャッチボールをしたはずの仲間の反応がまったく心外であった。「はて、そんなことあったかな……」とすげないものだったのである。

しかし、つい最近になって、思わぬところから力強い援軍が現れた。青森県板柳町でリンゴ園を営む米沢祥二氏である。私と同い年で、当日も観戦していたという米沢氏は、「確かにライトスタンドの芝生でキャッチボールをしていた少年達がいた。私が飽きて球場を出た直後の大きなどよめきと喊声は、青田選手のファインプレーに送られたものだと、今になって思い至った」と証言してくれたのである。

（「文章歩道」秋号）

煮ても焼いても食えない……か　茂吉夫人と「茶ガラ」の話

川《かわ》越《ごえ》良《よし》明《あき》
（横手市シルバー人材センター常務理事兼事務局長）

煮ても焼いても食えない、用無しのものとばかり思っていたのが「茶ガラ」である。

ところがどっこい、「茶ガラにもまだお役目が……」とある茶舗の新聞広告にあった。

茶葉がホコリを吸収し、渋み成分カテキンの殺菌力がばい菌に働くことから、昔の人は出がらしの茶葉を畳にまいて掃いた。「緑茶は、出がらしでさえ力あるスグレモノなのです」と説明がある。

また、別の新聞の生活欄に、「シックハウス症候群」の予防薬は〝お茶殻〟と大きくとりあげている。

住宅建材や合板などの接着剤に使われる化学物質ホルムアルデヒドによって引き起こされる頭痛やめまいなどの症状がシックハウス症候群。この症状を訴える患者は百万人を超えると言われるが、「茶ガラ」を戸棚や押し入れに入れておくことで防げるという。

とこうしているうち、私はまた茶ガラに出会った。

終戦直後の食糧難時代に、斎藤茂吉の妻輝子が、茶ガラを家族に食べさせたはなしである。茂吉が斎藤家へ婿養子になったのが明治三十八年、茂吉二十三歳のとき。斎藤家の二女輝子は十歳であった。そして大正三年、茂吉三十二歳、輝子十九歳で結婚する。

家付きの「をさな妻」の輝子は、茂吉との間でなにかとイザコザを起こす。「子供をほっぽらかして」「ほとんど毎日外出」し、「ご飯を炊いたこともない」輝子。癇癪《かんしゃく》持ちの茂吉との結婚生活は、「言葉より先に手が飛ぶ」ものだった。

輝子は、新聞にも大きく報道されたダンス教師との不倫沙汰《ざた》、放任に近い子育て、ひんぱんな夫婦喧嘩《げんか》と、常識社会では顰蹙《ひんしゅく》を買うところである。実情は深刻でどろどろしたもので、当事者にとっては大変なことだったろうが、伝記などで紹介される二人の関係はどこかユーモラスなところがあり、憎めない。

輝子自身「悪妻」という評価を認めているが、茂吉ファミリーにより描かれる彼女は、ひときわ天衣無縫というか、すこぶるあっけらかんとしている。

余談ではあるが、新聞の投稿歌にこんなのがあった。ファンとはありがたい。

漱石夫人茂吉夫人悪妻と言いしは弟子のみな男ども　　岩田　叶子

昭和二十年五月二十五日の東京大空襲で茂吉の家も病院も全焼した。

それぞれの疎開先から東京に戻った輝子たちは、杉並の西荻窪に長男茂太が買っておいた家に住むことになる。

ちいさな家で、雨戸なんかは前の住人が燃やしてしまっていた。障子も全部破れている、水道もない、井戸から水を汲《く》む「裏長屋のような」家だった。

ここで、輝子はとんだアイデアを考え出す。まだ食糧難で、口に入るものならなんでも食用にする時代である。

妊娠していた長男茂太の妻美智子に、「カルシュウムを食べさせよう」と卵のカラを砕粉器でひいて食べさせた。他の家族も同じ目にあわせられた。

極め付けは「茶ガラ」である。

茂太の懸命の引き止めにもかかわらず、「お茶ガラだって栄養があるはずだから……」と、輝子は茶ガラを粉にしてふりかけにしたり、パンにまぜて家族みんなに食べさせた。

結果は、全員消化不良を起こして大変な目にあったという。

「お嬢さん育ちのくせに、現世の実行力を立派に具えていた」と二男の北杜夫が述懐する輝子は、昭和五十九年、家族にみとられながら八十九歳であの世に旅立った。

あの世の輝子夫人、当節の「茶ガラ」の効用を聞くと、

「それ見なさい、お茶ガラは、雑菌に強いんだから……。お前たちのおなかの菌にどれだけ効いたかわかりはしないわ」と得意然と宣《のたま》うのではなかろうか。

（「秋田さきがけ」十一月十日夕刊）

父の万年筆

麻《あさ》木《ぎ》久《く》仁《に》子《こ》
（キャスター）

「趣味は何ですか？」と聞かれて、「万年筆集めです」と答えるのは何だか少し気が引ける。例えば陶芸とか油絵のように、腕を磨きセンスを磨くような趣味ではない。観劇やクラッシック音楽鑑賞などのようにゆったりと充実した時間を楽しむものでもない。私の「万年筆集め」は、時々文具店に行って、新製品を見て、気に入ったら買う。そして暇なときずらっと並べて、「使うのはちょっともったいないな」などと思いながら、眺める。ただそれだけなのである。

本数ばかり随分増えた。モンブラン、シェーファー、カランダッシュ、アウロラ、カルティエ、ファーバーカステル、ペリカン、デルタ、ウォーターマン。売り場で眺めて「いいな」と思うとたまらなく欲しくなって買うという集め方なので、ラインナップにもポリシーなどはないのだ。

そんな調子なので、人に「万年筆のどこがいいのですか」と聞かれるとちょっと困る。一応、「万年筆は汚い字でも何となく味があるように見せてくれるし、筆圧の弱い私にとっては手が疲れない、具合のいい筆記用具なんですよ」と答えることにしている。しかし先日は「万年筆をたくさん集めても使うところはあんまりないですよね。手紙をよく書くんですか」と重ねて尋ねられ、呆れるほど筆無精な私としては、「なぜ万年筆なのか」と我ながら説明のしようもないのだった。

本数ばかりで特にこだわりもないのだが、思い出の中に一本だけ、特別な万年筆がある。私が初めて手に取った万年筆、それは父の万年筆である。

父はいわゆる「モーレツ社員」で家のことは母に任せっきり、ほとんど家庭のことを顧みない人だった。朝早く出勤し、帰宅も夜遅くなってから。たまに早く帰ってきても疲れていると言ってあまり子供と会話もしない。そんな父だったので、今思い出してみても、膝に乗って甘えたり一緒にどこかへ出かけたりしたという記憶がほとんどない、同じ家に暮らしていてもどこか遠い父だった。

例によって、接待ゴルフで父が家を空けていたある日曜日のこと、納戸の父のタンスの小引き出しをこっそり開けて見たことがあった。父は子供との間にいつも一線引いていて、小学生の私が父の引き出しを勝手に開けて中のものをいじるなどということはご法度、見つかれば大目玉なのだが、その時はどうした拍子だか開けてみたのだ。

引き出しの中には黒革の手帳や腕時計、カフスボタンなどの「大人の持ち物」がおさまっていたが、私の目を引いたのは万年筆だった。スターリングシルバーの胴軸に黒い細かい格子模様が刻んであり、金色の天ビスと、同じく金色の矢羽根のような形のクリップが付いていた。手に取ってみると、ひんやりとしてやけに冷たく重い。それでもしばらく握っているとだんだんその胴軸が温かみを帯びてきて柔らかく感じ始めた。そっとキャップをはずしてみると、金のペン先は華奢で今にも折れそうに見えたが、手近にあったチラシのうらに螺旋をぐるぐると書いてみるとインクがするするとなめらかに流れてきて、その黒々とした線はとても力強かった。

それからというもの父の留守に隙をみては「万年筆でぐるぐる」するようになった。ちょっと近づきがたいけれどやがて手になじんで心地よい。子供心に「父もそんな風であってほしい」と思うような万年筆だったのかもしれない。

私が中学生の頃から、家の中がぎこちなくなった。その原因が、仕事一辺倒だとばかり思っていた父に別の女性がいることだと知った頃には、父の引き出しをこっそり覗くこともなくなっていた。やがて父が家を出、家の中から父の荷物が何一つ無くなった時にも、もうあの万年筆のことは思い出しもしなかった。

二年前、父が死んだという知らせが来た。新しい家庭を持ち、以来二十年以上音信の無かった父だったが、最期にわずかばかりの遺産を残してくれたのだった。妹、弟と話し合って、葬儀には弟が一人で参列した。留守番しながらふと、あの万年筆のことを思い出した。「あれはどうしただろう、形見の中にあったのかしら、それとももとっくの昔に無くなっているかしら」。

父の死を知らせてくれた奥さんからの手紙の文面には、父がそれなりに暖かい家庭を築いたらしいことが表れていた。あの万年筆のことを父と話すこともなかったけれど、「それはそれで、もういいのだろう」。そんな気がした。そして、今はまだ私の万年筆を娘が触ると「駄目」といって叱るのだが、そのうち頃合いを見て一本やろう、娘の初めての一本はどれにしようかと思いながらコレクションを眺めたのだった。

（「文藝春秋」六月号）

犬のため息

父と子

若林《わかばやし》ケイ
（エッセイスト）

六十八歳になる夫は、膵臓癌の手術を受けた四日後、脳梗塞に襲われ、左半身は全く麻痺状態になった。一週間のうちに右半身まで不自由になってしまった。

夫が入院した、伊勢原市にある大学病院は患者の「早期治療・早期退院」を目標に、直ちに夫のリハビリを開始した。息子と私は、手術前に余命四カ月ながくて七カ月の告知を受け、夫自身は手術を受けない場合、余命は四カ月であるとだけ告知されていた。私に今できることは、夫を一刻も早く退院させ、家族と共に過ごしてもらうことだ。主治医をはじめ看護師さんたちは夫のために献身的な看護をしてくださったが、脱病院しか私の念頭にはなかった。これから続くリハビリ外来の便宜を考え、病院に近い小田急線本厚木駅そばに、親子三人で暮らせるこぢんまりとしたマンションを見つけた。

三十五年暮らした横浜の家から、当座に必要な最小限の生活用品を持ち出すという、簡単な引っ越しをした。しかし、夫のベッド周りには、もとの我が家の雰囲気を出すために、彼の愛読書・文具・会社関係の書類などを置いた。百日ぶりに、再び親子三人の暮らしが叶えられたのである。

入院中の夫は歩行器と車椅子の介助があっても、ベッドから長くて三十分離れていられればよいほうで、ひたすら眠っていた。ところが、家庭に戻ってからは信じがたいスピードで、右半身は言うにおよばず完全に麻痺した左半身までも、見違えるような回復を遂げた。

退院後、半月経つか経たないある朝、私の知らない間に、夫はステッキ一本持ってひとりで外へ出ていった。近所のカフェでコーヒーを飲み、ついでに駅の売店で週刊誌まで買って、得意気に帰ってきたときは、私をはらはらさせたり仰天させたりした。

とはいえ、十二時間におよぶ大手術と、その直後の軽度とは言えない脳梗塞のために、日中でもベッドで休んでいる時間のほうが長いのは、無理もない。夫がテレビを見ながらまどろんでいる夕刻七時ごろ、息子が会社から戻ってきた。ベッドのわきを通りながら、父への帰宅の挨拶もそこそこに、自分の部屋へ直行してしまう。そのわずかな瞬間、夫は安堵した面持ちで、息子の後ろ姿を見えなくなるまで追っている。

それから息子の着替えが終わったころ、用を頼むのだ。幼児に、お駄賃をあげるからと頼むような用事である。近所のコンビニへお使いに行った息子が帰ってきた。しばらくすると夫は、夕食の支度をしている私を一大事とばかりに呼ぶ。

「おかあさーん、この水は最高においしいよぉ。三本で一万円もしたんだもの」

いたずらっぽい笑みを浮かべ、ペットボトルからおいしそうに飲んでみせる。一万円札でミネラルウォーターを頼んだら、五〇〇ccボトルを三本だけ買ってきてくれたと言う。私は呆れて聞いていたが、お釣りは要らないと言って息子に与えたにちがいない。

ある夜、私は夫に起こされた。しばらく話を聞いて欲しいと言う。察するに深刻な話になりそうなので、眠たい目を見開き、椅子をベッドのわきに引き寄せて耳を傾ける。

「僕が子供のころ、貧しかったので、駄菓子屋さんで小さな袋に入った小粒の甘納豆しか買えなかったんだ。大粒のを欲しかったけど、お小遣いがちょっとだったから……。小さくても、あの甘納豆はおいしかったなぁ」

夫は九歳のときに病弱の父と死別、母親の働きで育てられた。だからこそ、我が子が自分より一〇センチ高い背丈に成長していても、三十なかばを越していても、大粒の甘納豆のほうを食べさせてあげたいという親心が募るのかもしれない。来る日も来る日も些細な買い物を頼み、過分なお釣りをぜんぶ与えて、幸せな気分に浸っているふうに見える。

実はこのように少々常軌をはずれた父性愛を示すようになったのは、この一連の大病を患ってからである。幼い息子を夏休みにプールへ連れて行ったり、正月に近所の公園で一緒に凧揚げをしたりした時期はあった。しかし、四十歳台に入ると会社人間に変身、仕事に明け暮れるぶん、私は勿論のこと息子とも対話する時間を削ってしまった。当然、子育ては私任せになる。

やがて高校生になった息子は、家の中に父親の気配を感じると部屋に閉じ込もり、頑なに父親を避けているように見えた。大学生になり更に社会人になっても、父親に対して無関心を装いつづけた。いさかいをするわけでもなく、お互いが境界をひいて心を閉ざしていた。ところが、父親の不意討ちをくらったような癌摘出手術によって、二十年にわたって二人の間に存在した冷たい障壁は跡形もなく消え去ったのである。

　夫は完全看護の入院生活を送っていたが、家族自らの手でできることはしてあげたい。私が病室を留守にしている間、息子は父の食事の介添えからおしめ替えまで、進んでしてくれた。退院後のマンション生活で、いっとき夫は一人で外出できるほど回復したが、主治医の告知には逆らえない。術後七カ月ころから、ウイークエンドは息子に押してもらう車椅子で、街なかの散策へ出かけた。そのあとで「ありがとう。おとうさんはもうすぐ元気になるから」が夫の口癖だったが、悲しいことに、肉体は日毎に痩せ衰えてゆくのだった。

　病室のテレビ・モニター画面の血圧・脈拍・呼吸・体温の日盛りは、徐々に低くなったかと思うと高さを戻したりしながら、夫の臨終の近いことを示唆する。意識が混濁しているにもかかわらず、そのさなかに夫は途絶えとだえに繰り返した。

「ほしくん、どうぞよろしく、ごしどうをおねがいします、おねがいします」

　星君は、夫の会社の若年社員である。命を閉じようとする間際になぜ……。息子が嗚咽しながら言う。

「星君は、会社で僕に仕事の要領を教えてくれる先輩……」

　夫は、自分の会社に入社してまだ二年にしかならない三十六歳、独身の息子が心懸かりで、祈っているのだ。

子供の心配ばかりして、妻の私に「さようなら」を言い忘れて、夫は逝ってしまった。

（「青淵」三月号）

上野駅の立ち喰いそば

清《きよ》原《はら》和《かず》子《こ》
（主婦）

昭和四十年ごろ、栃木県の山奥の県立高等学校は、各学年とも普通科二クラス、機械科二クラス、家政科二クラスから成っていた。

機械科と家政科の生徒はほとんどが、卒業後、県内や県外の大きな都市へ就職をしていった。普通科でも三分の一は就職、次の三分の一かそれ以上が二年制の専門学校か短大へ。残りの三分の一に満たない二十人前後が、四年制の大学へと進学した。

私はその数少ない四年制大学進学組で、多くが県内か関東一円の大学へ進学していった中、一人、京都の大学へ進んだ。家から通える大学はない。どうせ、ほかの地で生活しなければならないのなら、遠いも近いも大差ない。国文学専攻でもあるし、かつての日本の政治文化の中心地に住んでみるのもいいのではないか、と思ったのだった。

桜が満開の四月初めに入学してしばらくは、大学ならではの教科ごとに集まっては散るの授業形態と、炊事洗濯までしなければならない一人暮らしに慣れるのに精一杯で、周囲に気を配っている余裕はなかった。

やがて、それに慣れ始めたころ、私は自分が周囲から、「浮いている」ような感じに捕われた。どことなくしっくりしない、合わない、通じない。どうしたわけか。何が違うのだろう。生まれて初めて味わう言いようのない孤独感と疎外感に苛まれながら、神経は張りつめていた。日々、疲れた。そんな中でふと気がついたのは、それは、どうも言葉からくるようだ、ということだった。

関東の山奥の狭い社会で何の疑問もなく使ってきた言葉と、京都弁や京都周辺の関西言葉の違いは、思いのほか、大きかった。というより、土地による言葉の違いなど、それまで考えたこともなかった。同じ日本語、当然、何の支障もなく通じるものと思っていた。

実際、意味は分かるのだ。分からないのは細かいニュアンス、どれほどの喜びや怒りが言葉に混じっているのか、どれほどの嬉しさや悲しさを言おうとしているのか、その度合いが摑めない。言葉のやりとりは、符号のやりとりのように、事柄の表層だけを通り過ぎていった。

五月の連休が来た。京都と栃木はかなり離れているので、最初から夏休みまで帰らないことに決めていて、そのまま部屋に留まった。しかし、六月の梅雨に入ったころ、気候の鬱陶しさもあって、すっかり気が滅入ってしまった。俗にいうホームシックというものだったのだろう。

いったん、少しでもいいから家に帰ってみようか。そう思い立つと、いてもたってもいられなくなった。片道の運賃のほか、わずかなお金を持って、ある朝、新幹線に飛び乗った。京都駅から名古屋を経て、浜松、静岡を過ぎて東京駅。そこで山の手線に乗り換えて上野駅に着いた。ホームに降り立った途端、肩の力が自然と抜けて、全身がほっとするような安堵感に包まれた。この温もりや心地よさは、どこから来るのだろう。

そう思ってあたりを見回すと、記憶の底にある懐かしい匂いが漂ってきた。その先をゆっくりと辿る。視界に大きく入ってきたのは、駅構内に設けられた立ち喰いの店の『うどん、そば』の暖簾。匂いは、そこからの「しょうゆ」だった。

京都に行ってからのここ数ヶ月、すっかり忘れていた関東の「しょうゆ」の強い匂い。それが存在することすら知らなかったが、京料理で、ほんのり香る隠し味として用いられる「しょうゆ」とはまた別の、「しょうゆ」そのものを堂々と表に出す関東の食文化が歴然とあることを、この瞬間、はっきりと知った。

足は自然と暖簾へ向かった。かまぼこと刻みネギだけが入った一番安い「かけそば」を頼んだ。目の前で、厚手のどんぶりに、そばが入れられ、濃いしょうゆの色をした熱いだし汁が注がれ、少しのネギとかまぼこが上に散らされて、すぐに差し出された。七味を少しふりかけてから割箸を手にどんぶりを傾けると、だし汁のしょうゆの匂いが顔いっぱいに広がった。そばを啜り汁を啜り、また、そばを吸って汁を啜った。ああ、この味、この匂い。どんぶりの中が減るのに従って、それに反比例するかのように胃と心が満たされていった。

一息ついたころ、東北訛りの言葉が耳に飛び込んできた。栃木県の山奥の、私の故郷の言葉にとても近いものだった。故郷はまだ数時間も先にあるのに、すっかり寛いだ気分になった。

家で数日過ごし、元気を取り戻した。関東と京都の「しょうゆ」の違いを認識したように、言葉も両者の違いを認識した上で、焦らず少しずつ慣れ親しんでいったらいいのではないか。入学して一年も過ぎるころ、ときどき京都弁が口から突いて出るようになった。いつのまにか友達ができていた。

（「函」五十五号）

デブと帝国

中西輝政《なかにしてるまさ》
（京都大学教授）

新幹線で京都から熱海に向う車中で考えた。この旅の目的は決して口外すまい、と。しかし不覚にも、ゲラの打合せで、ある編集者に電話でうっかり口をすべらせた。そこでこの原稿を書く破目に陥ったわけである。

要するに、夏休みを利用して伊豆高原にある断食道場で、長年の懸案だった減量に取り組む。それがこの旅の目的だった。一六〇数センチに八〇キロを優に超えているのは、どう見てもよくない。家族や医者に言われるまでもなく、もうここ十年、何とかしなければと思ってきた。これまで本格的な努力をしなかったのは、世の中に「ダイエット」の語が氾濫し、その際必ずと言ってよいほど「リバウンド」という語がまるでペアの如く語られるのを聞くからだった。やるからには、「退路を断って」やらねば、その決心をするのに年月を要した、というわけだ。

しかし実際、新幹線に乗ってからも自信がなかったのであろう。だから、「やっぱり秘密にしておこう」と思ったのである。「結局、リバウンドしましたね」、そう言われたら、そしてその言葉を意に介さなくなったら、おしまいだ。二度と、減量の成功は望めなくなるからである。「人間存在の根本動機、それは見栄だ」と、西洋のある思想家も言っているではないか。しかし、いざ断食道場に着くや、もうそんなことなど、どうでもよいと思うほど、「飢餓の煉獄」ともいえる日々が始った。

一日数杯の人参ジュースを連日続けるが、普通に言えば、ごく「ソフトな断食」で大変身体にやさしい合理的なプログラムなので同宿者は皆、涼しい顔だ。しかしこちらはそうはいかない。何しろこれまで「ダイエット」なるものを一度も試みたことがない。いわば自称グルメの「餓鬼道」人生一筋に歩んで来た我が身にとって、それはまさに「因果応報」の思いを嚙み締める日々となった。しかしこうして悔恨の日々を送るうち、数日経つと、不思議に身が軽くなり頭が冴えてくる。日がな一日、「次のジュースにありつけるまで、あと何時間……」と指折数えて待っていると我れ知らず「何が私を肥満にさせたのか」、この数十年の日々が走馬燈のように頭を駆けめぐる。

「そうだ、あの時に始ったのだ」と思い至ったのは、二十数年前の英国留学のことだった。七百年の歴史を誇るその大学では、宮殿のホールのような食堂で、蝶ネクタイにタキシードのバトラー、わざとらしいフランス訛りのソムリエが勿体振った物腰で注文を聞きに回る「フォーマル・ディナー」というのがあった。これに出席をしなければ、学年末試験の受験資格が貰えない。ともかく、こんな舞台仕掛けの中、色取りどりのガウンを着て一同席に着き仰々しく運ばれてくる料理。それまで日本では、金属のトレーに竹の箸、ポリエチレン食器に盛られた一膳飯といった、まるで収容所並みの大学食堂しか知らない身には、「カルチャーショック」を通り越した衝撃を受け、期待に胸いや腹が高鳴ったものだ。

しかし「あゝ無情！」と言うべきか、皿に盛られているのはイギリス料理であった（！）。かつて『イギリスはおいしい』などという本があったらしいが、食べ物以外は、という但書を省いたのは卓抜の〝ユーモア〟と言うべきか。ともかく、こうした幻滅の日々の末に、この国では「メインコース」として食べるのはマナーであって料理ではない、というイギリス文明史の核心を理解した。あの受験資格の意味も初めてわかった。そしてそれから私の肥満が始るのであった。いま考えると何がしかの文化的コンプレックスもあったのであろう、受験資格などものかは、フランス人など大陸からの留学生と一緒に自炊をしながらイギリス人の味覚を罵倒し舌鼓を打つ日々が始った。

それから二十数年が経ち、そして今この体たらくとなった。そんなことを考えていると、その瞬間ひらめいた。「そうだイラク戦争みたいなのを何度やっても、左翼が言うように今のアメリカは決して世界帝国などにはならない。デブには帝国など作れないのだ！」〝肥満の覇権国〟アメリカの未来はたかが知れている。

伊豆へきて大悟した。人間、何と多くの手間と暇を「食うこと」に掛けていることか。何が大英帝国を築いたのか、まさしく体で深く体得しえた。帝国なき世界平和への道は肥満民族で地球を埋めることだ。しかしそうなれば人類は恒久平和の中で絶滅するはずだ、などとあらぬことを考えながら体重計にのると何と、八〇キロの大台を割っているではないか。断食万歳！　イギリス万歳！　と思わず快哉を叫んだ。

そこで読者諸氏にお願いしたい。「退路を断って」この原稿を書いている私に、国連の復興支援《リバウンド》よろしく平和《グルメ》のお誘いだけは御勘弁願いたいと。

（「文藝春秋」十一月号）

追想

平岩《ひらいわ》弓枝《ゆみえ》
（作家）

直木賞の選考委員をつとめるようになるまで、黒岩さんとは面識がなかった。

黒岩さんは上方住い、私は東京ということもあったろうが、大きな理由は三十代、四十代の私は子育てやら何やらで文壇の慶事のパーティなどに殆んど出席出来なかったせいであった。年に二回、お目にかかる機会が出来てもプライベートな話をすることは滅多になくて、なんとなく歳月が過ぎた。

それは、或る文学賞の授賞式の会場の控室で、黒岩さんはその賞の選考委員のお一人としてそこに居られ、私は受賞者として家族代表の娘を伴って入って行った。御挨拶をすると、

「娘さん？」

と声をかけられ、私は娘を紹介し、たまたま娘が黒岩さんの「聖徳太子」を熱読していたので、その旨を申し上げた。

控室には他の選考委員や授賞者も同席しているので、私はその方々からお祝をいわれたり、御礼を述べたりしていて、気がつくと娘は黒岩さんの隣の席にすわり込んで何やらお喋りをして居

り、黒岩さんが声をあげてお笑いになったりしている。失礼になってはいけないと慌てて近づくと黒岩さんが手を上げて私を制し、結局、会場に移るまで話し続けていらっしゃった。おまけに授賞式が終ってから、

「よく育っているね。実に気持のいい娘さんや」

とおっしゃって下さる。親としては大いに恐縮して、

「年中、ぶつかり合っています」

と申し上げたのであったが、数日後、娘へ宛てて、サイン入りの「聖徳太子」の御本を頂戴した。娘は私にねだって買ってもらったほうをおいて行き、黒岩さんから贈られたのを嫁入り道具に入れて持って行った。

大阪で黒岩さんと対談をしたことが一度ある。仕事が終ってから編集者の方々と大阪のクラブを廻りながら、黒岩さんがふと洩らされた。東京とくらべて関西は地域社会が狭いので、父親が作家というだけで家族はさまざまのプレッシャーを持つことになる。父親として、それに気づいてもどうしてやりようもない場合が多く、今にしてみればつくづく不愍に思うとしんみりおっしゃった。たしかに黒岩さんほどの高名な作家の御家族ともなると他人のうかがい知ることの出来ない御苦労がおありだろうと思う。

夜更けて私達はホテルへ帰ることになり、編集者が黒岩さんをお送りする車の手配をしようとすると、

「俺はいい。もう一軒、義理を果して帰るから……」

と路上で手を振られた。見送っていると意気軒昂といった感じだが、どこか寂しさのある後姿がさっさと路地をまがって行ってしまった。

今年、直木賞の選考会が終って二日目、珍らしく黒岩さんからお電話があった。

あなたに失礼なことをしてしまった、とおっしゃられて、あっけにとられた。思い当ることは何もない。それを申し上げると苦笑されて、あの日はどうしたのか自分が自分でないようで、皆さんに失礼をした。あなたはやさしいからかばって下さるのだろうが、どうか許して下さいとおっしゃる。私は決してそのようなことはなかったと繰り返し、三月はじめに別の文学賞の選考会でお目にかかるのを楽しみにして居りますと申し上げ、黒岩さんはそうね、その時にまた、と電話を切られた。

それが、黒岩さんの声を聞く最後になってしまった。

（「オール讀物」五月号）

足裏文化考察

角《かく》田《た》光《みつ》代《よ》
（作家）

新幹線に乗った。座席をリクライニングして座っていた私の頭上に、やわらかいものが触れ、なにかと思ってふりかえると、それは後ろの座席の人の、足の裏だった。私の背後の中年男は、靴を脱ぎ、両足を高くあげて前列シートにかけていたわけである。ずいぶん不自然な格好じゃないかと思うがとにかく彼はそのようにして座っていて、思いきりにらむと、そろそろと足をひっこめた。

そのときはたと気づいたのだが、新幹線のなかではじつに多くの人が靴を脱ぎ、足をあっちこっちに放り投げている。私の斜め前の若い男は、靴を脱いだ両足を、折りたたみ式テーブルの上に投げ出しており、さらに前方の席では、中年女がやはり靴を脱ぎ、横座りして両足を隣の席に伸ばしている。私の隣に座っていた会社員風の男性は行儀よく座っているがやっぱり靴を脱ぎ、簡易スリッパを履いている。

今回は後頭部に足を置かれた私だが、以前にも似たような経験がある。数年前、イタリア―成田間を飛ぶ飛行機に乗っていたときは、私の座席の肘掛けに、背後の人の足がにゅうっと伸びてきた。私は窓側の席で、後ろの人は、壁と椅子のあいだに両脚をねじこんでおり、その足が前列の私の肘掛けにちょうど具合よくおさまっていたというわけだ。

この足もまた、靴を脱いだ男の足だった。黒い靴下の、そこはかとなくにおう足が、肘掛け部分にどんとのっているのはなかなかつらいことだった。私は配布される枕をその足にかぶせ、なんとか気を紛らわせようとしたのだが、後列の男は伸ばした足に枕などのせられるのが不満らしく、足をもぞもぞ動かして、しまいには私の座席をガンガンと蹴ってくるのだった。そうすると私も俄然頭にきて、隙あらば伸ばしてくる男の足を肘でよけたり、蹴られる座席をわざとリクライニングしたり、高度何千メートルの密室で、なにか非常に低次元の攻防戦を数時間くりひろげる羽目になった。

今思えば、「こちらに出ているあなたの足がくさいのです」と、ただ一言言えばすむ話であったのに、何をあんなに必死になって闘ったのかと我ながらあきれもするが、しかし、靴を脱ぎ足を伸ばしている人になんとなく注意しがたいと思うのは、私だけだろうか。「足は所定の位置に」だの「におうから靴を履いていて」だのと、言葉にしないですませられればどんなにいいか。

靴をすぐ脱ぐ、足をへんな方向に投げ出す、つまり足癖がよろしくないのは、日本特有の現象であると私は思っている。たいていのアジアの国を旅したが、家で靴を脱ぐ習慣の国々でも、靴など履かない田舎町でも、大人も子どもも、公共の場で足をあげたり、投げ出したり、伸ばしたり、しない。前の座席の背もたれに足をかけるなんて、本当に見たことがない。家でも靴を履いている欧米諸国の人々は、電車や飛行機のなかで逆によく靴を脱いでいる。けれど彼らもやっぱり、隣や前の座席に足を伸ばしたりはしない。どんなにがたいのいい欧米人でも、ちいさな座席のなかに、足を折ってちんまりとおさまっている。

他人が座っている方向に平気で足を伸ばすことができるのは、私の知るかぎり日本人しかいない。これはなにも、日本をのぞくアジア諸国や欧米諸国のお行儀がよく、足癖の悪い日本はマナーがなっとらん、という自虐的考察では決してない。日本特有の文化だと私は思うのだ。他人との距離を足の裏で縮める、足裏親善文化である。問題は、飛行機も電車も建物も、世のなか全体の造りが、その文化と相容れない構造になってしまっていることだ。

電車や飛行機で、他人の足の裏と闘ってきた私であるが、たとえばそれが、桟敷上の花見の席だったりしたら、きっとなんとも思わない。事実、ぎゅうぎゅう詰めの花見会場で、見ず知らずの人に取り囲まれて酒を飲んだことがあるが、他人の足の裏が私の膝にのっていようが背中に押し当てられていようが、どうってことはない。

それから相撲の枡席。私が相撲を見にいったのは一度きりだが、そのとき、区切られた席のあまりのちいささに驚いた。ちいさな枡のなかに四人でおさまり、しかも隣の席とはぴったりくっついている。けれど、隣席のおやじの足の裏が伸びてきたってやっぱりなんとも思わない。

花見も相撲見物も、それがおこなわれている場所にはじめて足を踏み入れたとき、なんて日本らしい光景なんだと私はしみじみ思ったものだった。みんな浮かれ、地べたに座り、酔い、笑い、境界線も足の裏もないような、独特のゆるさがその場全体を支配している。ごちゃ混ぜ感、なあなあ感、おたがいさま感、そういうところに私は日本の個性を感じたのだ。

花見や相撲見物のときのその感覚は、遺伝子として私たち日本人のなかに残っているのだが、しかしかなしいかな、公共の場はもうすべて靴専用になっている。決められたスペースにひとりひとりおさまって、極力隣の他人に迷惑をかけないようにし、地べたではなく椅子に腰かけなければならない。この個人主義、靴主義、ひとりぶん主義に、けれど私たちはまだまだ慣れておらず、ときおりなあなあ遺伝子がひょこっと顔を出してしまう。そんなとき、人は靴を脱いで足を伸ばし、人の頭上や肘掛けにおいたつ足をぽんとのせてしまうのである。

新幹線も飛行機も、お座敷仕様であったら私はきっと他人の足の裏を許容しただろう。だってそれが文化なのだし、受け継がれてきた遺伝子なのだから。私たちの遺伝子が、すっかり靴文化に入れ替わるのが早いか、それともお座敷新幹線やお座敷飛行機がいつか登場するか。

そんなくだらないと言えばかなりくだらないことを考えながら、私は新幹線を降り、JRに乗り換えたのだが、このJRでは、私の隣に腰かけた小学生くらいの女の子が熟睡していた。熟睡する彼女の頭がゆっくりこちらに倒れかかってきた、そのとき、彼女の母親がどこかからすばやくあらわれて、女の子の正面に立ちその子の頭をはっしとおさえた。私に寄りかからないようにそうしているらしかった。「頭くらい、どうぞどうぞ」足の裏考を重ねていた私は、つい母親にそんなことを言っていたが、母親は曖昧に笑うだけでずっと子どもの頭をおさえ続けていた。そういえば、平気で足を投げ出す大人も、頭をもたせかけてはこないのはなぜだろうと、またあらたな考察をはじめる私であった。

（「銀座百点」十月号）

老いは贈り物

田沼《たぬま》靖一《せいいち》
（東京理科大学薬学部教授・ゲノム創薬研究センター所長）

人にはなぜ〝老い〟というものがあるのでしょうか。しかも何十年という長い老いの時間。サケは産卵するとすぐに死んでしまいます。イヌやネコには老化はみられますが、ほんの数年のことです。そう、ヒトだけが長い老いの時間を与えられているのです。

しかし、老化はだれしも好まない、いやなイメージしかないでしょう。生物学的にみても何もいいことはないのです。それならどうして進化の過程で淘汰されなかったのでしょうか。生物の第一の使命は子孫を残すことです。それさえすんでしまえばあとはどうでもよいのです。だから、老化は進化的にみてもあってもなくてもよい存在なのですが、にもかかわらずずっと残ってきたのです。

それでは人間だけに許された老いの時間をどう考えたらよいのでしょう。「老い」があることによって、唯一《ゆいいつ》人間的なアイデンティティを追求できるようになっているのではないでしょうか。つまり、「自分とは何か」を問うかけがえのない時間が「老い」なのではないかと思います。そして、「死」によってその一つのアイデンティティが完結するのです。

生きものが皆無常であるように、全てが変成するダイナミックな大循環がこの宇宙にはあります。この宇宙的な時間の流れのなかで、限られた時間を生きている自己を認識する。自分と向き合うなかで、後の世代のよりよい生命を考え、何かを遺《のこ》し伝えてゆく。それをくり返してゆくことが人生の意味だと思います。それができるのが「老いの時間」なのではないでしょうか。

歳をとると物忘れが多くなってきますが、それはしかたのないことです。記憶力や計算力といった学習によって身に付く〝流動性知能〟が低下してくるからです。しかし、経験や知識の蓄積によって生まれてくる〝結晶性知能〟は、頭を使っていれば伸びてくるのです。これは判断力、発想力、あるいは統率力といった高度な知力です。また、よい感性も育まれてきます。この結晶性知能と感性をフルに活かして、老いゆえの自由な精神で、自己の魂を自由に表現してゆこうとすることがサクセスフル・エイジングにとって大切なことでしょう。

いつも夢を持ってワクワクとして老いを生きる、その勇気さえあれば、きっと生きていてよかったと思える瞬間に、またたくさん出会えるにちがいありません。ゆったりとした時の流れのなかで自由な時間を心ゆくまで自分で運ぶのがよいでしょう。その老いの時間は、きっとすばらしいものだと思います。

そして、「老い」とは別に「死」が必ずあることを折にふれて意識することが大切です。それは人生の終焉《しゅうえん》に立って、今の自分を見つめ直してみれば、きっと一人ひとりがかけがえのない唯一無二の存在であることを宇宙のなかに感じとることができると思うからです。それによって、心豊かな老いの道がみえてくるのではないでしょうか。神からプレゼントされた「老いの時間」

を精一杯生きることが、一つのアイデンティティを人の心のなかに無限に残すことになるのです。そして、生きている時よりもリアルに語りかけてくることでしょう。それが後の世代への最も大切なプレゼントになるのだと思います。

（「文藝春秋」七月臨時増刊号）

お父さんのブラジャー

酒《さか》井《い》順《じゅん》子《こ》
（エッセイスト）

「ブラジャーをする男性が密かに増加中だそうです」

と、ニュース番組の特集で放送していました。彼等は女装趣味というわけではないのだそうで、

「ブラジャーをすると気分が引き締まるので……まぁ、自分を高めたいというか」

と、モザイク越しでもさほど若くないことがわかる愛好家は語っていました。確かに私も、朝起きてブラジャーをすると「さ、今日も一日がんばろう！」という気分になるので、その心情はわからぬでもない。

彼等は「ブラジャー友の会」という集いにおいて、ともに思いを語り合っているのですが、一番の悩みは「家族に言えない」ということ。その一例として、メンバーの一人が息子にカミングアウトするシーンを放送していました。

東京で一人暮らしをする大学生の息子のところに父親が出向き、

「実はお父さんな、ブラジャーしてるんだ」

と告白。息子は一体どう反応するのかと私の方がドキドキしていると、

「ふーん、別にいいんじゃないの？」

と、実にシレッとした答えが返ってきたではありませんか。そして父親は、

「息子が気持ちの大きな人間に育っていてくれて嬉しい……」

と、感動した様子。

これを見て私は、オーバーに言えば「世も末」感を抱いたのでした。「実はお父さん、ブラジャーしてるんだ」と告白して受け入れられたからといって喜ぶ親父も親父なら、父親のブラジャーを認める息子も息子だ！　と。

しかし次の瞬間、ふと思ったのです。女が男の真似をするのは許され易く、それどころか称賛すらされるのに、その逆はなぜ非難されがちなのか……と。

女性は今まで、馬に乗るとか自転車に乗るとかズボンをはくとか、次々と男性の風俗を取り入れてきました。先駆者の女性は白い目で見られたであろうけれど、今となっては馬も自転車もズボンも、女性にとってごく普通の存在。今や「女だてらに」などと言うフレーズは、ほとんど死語です。

対して私のような女性はいまだに、女の真似をする男を白眼視するのです。そして私は〝もしかして私ってすごく旧弊で心の狭い人間なのかも。ブラジャーをする父親を認める男子大学生の偏見の無い気持ちを、見習わなくてはならないのかも〟と、思った。

ブラジャー友の会のメンバー達は、私のような者の弾圧にも負けず固定概念を打ち破ろうとする、勇敢な開拓者なのでしょう。少し先の未来には、スーツを脱いだ男性のワイシャツ越しに、

うっすらとブラジャーが透けて見えるのが決して不思議ではない、という時代が来るのかもしれません。

とはいえ、植え付けられた性別意識はそう簡単に変わるものではない。その時おばあさんになっているであろう私は、若者に馬鹿にされないようにと表面上では「男のブラジャーも悪くないわねぇ」とか言いつつ、心の中では〝なんだかなぁ……〟と思っているに違いありません。

（「室内」三月号）

志ん朝師匠の銀座

林《はやし》家《や》こぶ平《へい》（落語家）

東芝銀座セブンに、東芝銀座土曜寄席という落語会が、昔あった。中央通りに面した東芝のビルの七階にホールがあったので、そんな名称になったのであろう。一時、そこは吉本興業の演芸ホールになったと聞いてはいるが、その後どうなったかは確かめてはいない。江戸前の話を聞かせるホールが、上方のお笑いの場所に変わったからという感傷的な作用もあるのだろうか、そのビルの前を通るたびに、なんだか胸がキューンとなった。

はじめてその寄席に行ったのは、噺家になる前の中学生のころであった。当時私は十五歳で、噺家になることは決意したものの、まだ父には入門したいと告げずにいて、テレビの番組でいろんな師匠方の高座を観たり、ラジオで聴いたりしていた。

ある日、深夜のＴＢＳで、志ん朝師匠の『唐茄子屋政談』を聴いた。勘当されて途方に暮れた若旦那をたまたま出会った親戚のおじさんが面倒を見て、かぼちゃを売りに出させる。しまいには胸がジーンと熱くなる人情噺になるのだが、その小気味よい話、つやのある高座姿、江戸前の口調など、同じ落語家でありながら父の三平とはまるで違う高座スタイルにとまどいながらも、頭のどこかでいつか自分も古典落語がキチンと語れる噺家になってみたいという思いが芽吹いた。それから母に、どうしても生の高座を見てみたいと相談し、許しをもらって、志ん朝師匠の追っかけをした。

中でも東芝銀座セブン寄席は、ほかのホールよりも料金が安く、しかもあまり広くないホールでたっぷり長講の噺が聴けるので、一部のファンにはとても重宝がられていた。だから人気のある師匠方がお出になるときは、整理券が必要で、昼過ぎから出される券をまず確保しなければならない。東芝銀座セブン寄席は、毎週土曜日と決まっており、中学校から戻るやいなや、有楽町の駅まで山手線で向かい、小走りに整理券を取りに行く。整理券を出す小一時間前には、三十人ぐらいの落語ファンや志ん朝師匠のファンが並んでいた。列の中には志ん朝師匠がお出になるホールのロビーや寄席でよく顔をあわせる顔見知りのおじさんやお姉さんもいた。

中年のサラリーマンの方や、六十過ぎのご隠居さんや、若いといっても二十代の女性の中では、中学生の追っかけは私ひとりきりで、林家三平の息子であるとは誰も知らず、志ん朝師匠の追っかけの人たちからは、単なる落語好きの「ぼくちゃん」と呼ばれていた。いつもよく見かけるおじいさんから「ぼくちゃんは、大きくなったら噺家になるんだろ」と尋ねられ、「はい」と答えると、「志ん朝さんのお弟子さんに、なるんだろう」と言われて、「………」と黙ってしまった。

まさか、私、三平のせがれですからどうしましょうと言うわけにもいかず、俯いていたら、「ぼくちゃんが噺家になったら観に行くからね」と約束してくれた。後日談になるが、このおじいさん、約束どおり、私が前座になった折、わざわざ観に来てくれた。しかも池袋演芸場の平日の昼席。前座の私が高座に上がるのは昼の十二時ぐらい。そんな時間だから客席には人もまばらで、ツ離れしない（ツ離れとは楽屋の符牒で十人以下のこと、なぜならば一ツ二ツと順にツがつき、九ツ十《とう》でツが離れる）。はっきり覚えているお客さんは、三人だった。そのうちのひとりが、あのおじいさんだった。

私は、しどろもどろになりながら『狸の恩返し』の一席。昼席のハネた後、木戸のおばさんが「こぶちゃん、これをお客さんが渡してくれって」。見ると小さな祝儀袋、名前も書いておらず、たったひとこと「今に狸みたいに、いい噺家にバケてくださいネ！」と書いてあった。バケるというのは、芸人にとってはいい言葉。「あいつバケたよ！」と言われれば、急に売れ出した、またはいきなりウマくなったということ。今でも、その祝儀袋は宝物としてとってある。

そんな追っかけの人たちと東芝銀座セブン寄席では、数多く志ん朝師匠の高座を聴いた。『夢金』『野ざらし』『時そば』『井戸の茶碗』『試し酒』。『時そば』のマクラでは、こんなこともおっしゃっていた。

「ここにくる前に、ちょいと時間があったので、そばでも手繰《たぐ》ろうと、よし田へ行ってコロッケそばを食べた。噺家は、ざるとかもりをツルツルッとやるのが相場と決まっており、コロッケそばなんて野暮だなぁーと思うでしょうが、よし田のコロッケそばは、うまいんだからしょうがない。野暮といわれても、あそこのコロッケそば食べますョ」

まず、そばを手繰るという言葉にひかれた。食べるでもすするでもない、手繰るである。そしてよし田のコロッケそばである。寄席のハネた後、やはり何人かのファンは連れだってよし田へコロッケそばを食べに行ったが、中学生の私はすぐに帰らなくてはならないので、コロッケそばとは、どんな味なんだろうと道すがらずーっと考えた。

頭の中で思い描くのは、かけそばの上にポンとポテトコロッケが乗っかっているというもので、なんだかコロッケもそばのつゆを吸ってベタベタして、うまいものではないだろう、でもそんなものを志ん朝師匠がうまいと高座でしゃべるわけもないし、と、思っていた。

それから数年経って前座になり、東芝銀座セブン寄席に落語家として行った。トリのお師匠《ししょ》さんの一席が終わり、同じ一門の兄弟子に「きょう、懐があったかいから、なにか食べにいこう。なにがいい」と尋ねられたので、間髪いれず「コロッケそば」と答えた。その兄《あに》さんは、何度か行ったことがあるみたいで、迷うことなくよし田の暖簾をくぐって、コロッケそばを注文してくれた。鳥のミンチとおぼしきコロッケが乗っており、あまりのうまさに二杯食べた。江戸の文化の粋と、西洋のコロッケの洒落た感じが、とても銀座にあっていた。もっと言えば、昔と今とをキチンとお持ちだった志ん朝師匠の魅力にもそんなすばらしさがあった。

すばらしい噺家は、その芸までも天国に持って行ってしまう。しかし、その師匠のエッセンスはちゃんと残してくれているのだから、まだまだ若い、ぼくら若手の噺家は、それをちゃんと心で受け止めて、いい噺家にならなくてはいけない。ちゃんと銀座の似合う人《ひと》に。

（「銀座百点」九月号）

公平という事

永井《ながい》敏雄《としお》
（元昭和女子大学非常勤講師）

以前私が勤めていた昭和女子大学では、教師は生徒の出欠を取ることが義務付けられていた。そのため、前期と後期の初めには、学生の座席を指定した座席表を、学生の代表に作らせること、と学生便覧には書いてある。然し、面識もなく、名前も知らない学生に、作らせる訳にもいかない。結局は専攻科毎にあいうえお順に並べられた受講登録名簿に基づいて、自分で作るか、事務の女性に依頼することになる。座席の決め方には規定がない。そのため専攻の科毎に、ブロック状にまとめる方もおられたが、私は名簿順に縦に並べた。横に並べると、同じクラスの人が並ぶことが多くなるので、友人同士のおしゃべりを避けるにはこの方が良い、というのが主な理由である。このやり方は先輩に教えて頂いた。

座席表があると、出欠を取るのは楽である。空席があると、その席の人の名前を呼ぶ。当然返事はないから欠席とする。座席表のもう一つのメリットは、おしゃべり防止に役立つことである。おしゃべりをしている人がいると、話をするのを止める。大抵は気が付いて、おしゃべりを止める。それでも止めない時は、誰それさんおしゃべりは止めましょう、と名指しで注意すれば、大抵は止める。おしゃべりのために、授業が理想的には運営出来ない大学がある、などという話を聞いたこともある。然し、昭和女子大では、おしゃべりで困ったという話は聞いたことがなかった。好ましい伝統が第一だろうが、座席表の存在もその理由の一つに挙げられるかもしれない。

話が逸れたが、何故こんなに熱心に、出欠をチェックするのかというと、成績の中に出席点というものがあり、欠席の度数に応じて減点する。また講義回数の三分の一以上を欠席すると、期末試験を受ける資格を失うという規定があるからである。

教師になって数年経った頃、教師の目が届き易い、学生側からすれば黒板が見易く、話が聞き易い席の学生は、試験点が高いという傾向がある、ということに気が付いた。学生の側からすれば、教師の目の前では、居眠りもしていられないということになる。そこで、黒板の見易い席、端の方や後の方で黒板の見難い席、中間の席と分けて、試験点との相関を診た。結果は有意差ありとなった。

更にもう一つ、期の初めには、眼が悪いので席を前にして欲しい、と申し出る学生がいる。希望に沿うように、最前列に指定すると、これも皆成績が良い。どの程度眼が悪いのか、確かめようもないが、前の方に座って講義を聴こうとする、意欲のあることだけは確かである。

座席は教師が指定するのだから、有意差検定の結果から見れば、これでは受講者全員に公平であるとは云えない。そこで、期の途中で席替えをすることにした。後の人は前に、前の人は後に下がってもらう。端の人は中央に、中央の人は端になるように、というのが基本である。然し、これが簡単ではない。教室の形や広さにもよるが、比較的に横長の教室では、最前列の両端やその隣、二列目の両端などは、黒板に対して斜めになるので、黒板の文字が見難い。そのため、座席表を作るときに、此等の席は予《あらかじ》め除外していた。また黒板から遠い後列の端も、除外するようにしていた。そのため学生は横長の楕円に近い形で配置されている。これを前のような趣旨で変更するのは簡単ではない。どうすれば期間全体では公平と思われる配置となるか、いろいろな案を試み、一応基本的な案をつくるのに半日かかった。

期の途中で席替えを行い、期末試験の後、同じように座席と試験点との相関を見た。検定する迄もなく、三つの区分に有意差は無くなった。そのため、これ以降、期の途中で席替えを行うことにした。然し、期の半分でも最前列に居た学生は試験点が高い、という傾向も認められた。

困ったのは、眼が悪いので前にして欲しい、と云った学生の取扱いである。大教室では、最後列は教卓から遠い。優遇するのは期の前半だけですよと云って、残りの半分は放り出す訳にもいかない。不公平になるかもしれないがと思いながらも、席替えの対象からは外した。クラスの人数は毎期変るので、いつも同じという訳にはいかないので、席替え案の作成には毎回数時間を費した。

こんな事を、所属している科の懇談会で話したことがある。頷いている先生も居られたが、賛同された方は居られなかったようである。其々の教室には、そこを使用される先生の其々の座席表が沢山掲示されている。然し、期の途中での座席の変更は無かったようである。

公平という原則に徹すれば、一つの期には原則として15回の講義があるのだから、毎回座席を変更すれば、全員を公平に配置することは可能と思われる。然しそれに要する時間と労力を考えると、それよりも講義内容の充実に力を尽くす方が賢明ではないかと、これ以上は行わなかった。

例外はあるかも知れないが、小学校から中学、高校までは、普通の教室では座席が決められていると思う。席は何等かの基準に従って決められる。戦前の事であるが、私の在学した頃の旧制浦和中学では成績順に並ばされた。成績トップが教壇に向って最後列の左隅、2番がその右、3番はそのまた右、というように並んでいた。机の配置は縦に6列だったので、7番から12番までが後から2列目に、といった具合である。

誰が成績が良かったかは一目瞭然である。学年が変る度に、一学年5クラスあったメンバーの編成換えがあり、座席も変えられた。その時前から後に下がれば、前年の成績が良かったということであり、前に進めば成績が落ちましたということになる。成績の良い者は教壇から遠く、悪い者は前列へという制度は、今考えてみるとなかなか合理的であった。然し現在ではこの制度は無理であろう。今ではどのように決めているのだろうか。

座席を決める基準としては他に、あいうえお順、アルファベット順、生年月日順、などがある。体育の時間に身長順に並ばされ、背が低くコンプレックスを感じたという文を読んだことがあるので、身長順ということは無いと思う。何れにしても、座席は教師の側により決められるので、座席による不公平は免れないことになる。

座席を頻繁に換えることによるメリットは公平の為だけではない。いじめが低学年まで及んでいると聞いている。私見ではあるが、頻繁に座席を換えることにより、ある程度の効果も期待出来るのではないかと考える。現実は、数ある課題の中で、座席ばかりが最優先の課題ではないということである。個々のケースでは何を優先させるかという選択の話であるが、座席も対象の一つになり得るアイテムだと思う。

（「オレオサイエンス」vol.3）

眺望の消滅と命の競争

林《はやし》 えり子《こ》
（作家）

街の景観が台無しになるのは問題だとして、マンションの上層部何階かを取り壊せという判決のニュースには、思わず聞き耳を立てた。景観権みたいなものが認知されたということだろうが、市民全体が共有する景観と環境だから大胆な判決が出されたのであって、個人のレベルでは、例えば隣に建った家に因《よ》って眺める景色が消滅したから何とかしてくれとはお上に訴えるわけにはいかない。日当たりが悪くなったりするのなら、相手に文句の一つも言えようが、景色が見えなくなったくらいでは、果して苦情にしていいものかどうかも悩むところである。

根生《ねお》いの東京人の田舎ほしさから、信州佐久の片田舎に家を建て、山の美しさ空気のおいしさにうっとりしながら十年が過ぎたときである。突然、前の畑に二階家が出現した。山の中腹という立地条件ゆえ、向うの山並みを借景として、眼下のコスモス街道が一望でき、この景色を買ったようなものだったのに、これが一夜にして白モルタルの壁に一変してしまったのだ。口惜しさと切なさで涙し、誰に怒りをぶつけることも出来ずに唇を噛むしかなく、実際手塩にかけた家を人手に渡そうかと考えたほどだった。結局は、庭にカラマツを並べ植えて相手の家が隠れるようにし、それから一生懸命働いて八ヶ岳が望める二階を増築、ようやく憂さを晴らしたのであった。借景ということばは、そもそもは中国明代の書「園冶《えんや》」にはじめて見えるそうだが、そこから学んだ先人たちが寺院や離宮の庭景にとりいれてくれた影響もあってか、私たちは借景とか眺望とかを住いの条件にしがちである。

田舎暮らしにまでそれを求めた私もその一人ということだが、はたまた、六十歳目前のある日ふるさとと東京移住を決意、折角なら、幼日のように朝な夕なは富士山、夜のとばりが下りたならいまや東京っ子のシンボルとなった東京タワーの燃え立つ朱色を眺め暮らそうと思い立った。その条件に合致したのが、隅田川の河口、運河沿いに建つタワーマンションで、眺望満点の物件は十三倍の倍率だったけど、念力と神様ご先祖様のお陰で三十三階がゲット出来た。引っ越したその日にはくっきりと美しい富士の雄姿が摩天楼の上に聳《そび》え、夕日と共に山並みが闇に溶け込むと今度は東京タワーの灯がともり、高層ビルが煌煌と輝きだすのを夢心地で眺めたのである。

この眺望に私はどれだけ慰められ勇気を得ているかわからない。厭なことがあって帰宅しても、窓の向うに東京タワーの明かりを見ると不思議と元気になった。悠然と浮かぶ朝富士を拝むとしょげ返る自分が恥ずかしくなる。

ところがここへ来て、この眺望が永遠ではないことに気づかされだした。汐留の高層ビル群はいまにも東京タワーを隠しそうだし、勝どきあたりでも再開発を計画中という。富士山に立ち塞がるタワービルがいつ建つかわからないのだ。佐久の村荘で受けたあの衝撃を撥ね返す気力はもはやないトシなので打撃を和らげておかなくてはならず、そのために、ビル建設の囲いやクレーンを見つけるとバイクを駆って見回りに行く始末。誰にも止められない眺望の消滅が先か私の命が先かという競争に巻き込まれるとは、老後もおちおち暮らせないということらしい。

（「室内」六月号）

秋の終わりの銀座の空

石田衣良《いしだいら》（作家）

ぼくは東京下町（といっても正確には川むこう）の生まれなので、ちいさなころから繁華街といえば銀座だった。服を買うなら、銀座のデパート。ちょっと澄ました食事なら、銀座のレストランや天麩羅屋。映画を観にいくのは、日比谷の映画街という調子である。

下町の商家の子どもなら、みなそのあたりは同じだったと思う。電気製品を買いにいくのは秋葉原、本を探すのは神保町といっしょである。コンビニやディスカウントショップがブルドーザーのように街を均してしまうまえは、東京の街には決まり事がちゃんとあったのだ。休みの日に家のまえでタクシーをとめ、母と妹と三人で銀座の不二家まで不二家パフェをよくたべにでかけたものである。あの青くて舌がしびれるほど甘いシロップ。どうしてひとりであれをたいらげられたのか今では不思議だが、懐かしい思い出だ。

東京で生まれたことに感謝するのは、こういうときである。ぼくは東京というのは、何百という街が寄せ集まってできた、巨大な集合体だと思っている。まとまりなど、ぜんぜんないのだ。なにかひとことで呼べるように名前が必要だから、みな仮にこの不思議な混沌を「東京」と呼んでいるにすぎない。

東京では駅ひとつ移動するだけで、街の様子は別な地方にでもきてしまったように変貌する。例えば神田と東京、目白と池袋、鶯谷と上野。山手線のなかに限っても、無数におもしろい組みあわせをつくることができるだろう。東京に住んでいる人なら、わかってもらえると思うが、どれも電車で二分ほどのとなり街だ。それでいて街の表情はまったくといっていいほど違う。ほとんど独立国に似て、暮らしも文化も、ついでにいえば下世話さも経済力も劇的に変化するのだ。

東京の楽しさは、この無数の格差にあるとぼくは思っている。ジャケットでも着こなすように、その日の気分で街を気ままに選んで外出する。なんだか寂れた気分なら、錦糸町や大井町や巣鴨なんかにいってみる。元気のない商店街を散歩して、薄くほこりをかぶったようなレトロな品をお土産に買ってくる。未来のイメージを眺めたくなったら、六本木や汐留や西新宿の再開発地にいって、おのぼりさんになってみる。こちらの場合は海外ブランドのデザイン小物でも選ぼうか。

ぼくはそんなふうに東京の街のひとつひとつを、自分のものにしていくのが好きなのである。そうしてものになった街を舞台に、小説をひとつ仕立てたりするのが、無闇に楽しいのだ。デビュー作となった『池袋ウエストゲートパーク』の池袋はフリーの広告制作者だったころよく遊んだ街だし、町屋に住んでいたころは『波のうえの魔術師』であの街を舞台に老相場師と青年のコンビを活躍させた。

この夏直木賞をもらうことになった『4TEEN』は、月島に住む十四歳の少年四人が主人公である。安易といわれたら確かにそうなのだが、実際に小説を書き始めたころ、月島に住んでいたのだからしかたない。荷風散人だって白状しているではないか。

「小説をつくる時、わたくしのもっとも興を催すのは、作中人物の生活及び事件が展開する場所の選択と、その描写とである。」

実際に自分で小説を書くようになって、この言葉には思わずひざをたたいてしまった。誰もがよく知っていると思いこんだ東京のありふれた街を、誰も書いたことのない方法で鮮やかに書く。多くの人がもっているその街のイメージを裏切るように、別な顔を詳細にていねいに書く。それはぼくが小説をつくるうえでのおおきな楽しみのひとつだ。

受賞作は月島が舞台だから、隅田川を渡ってすぐの銀座は当然何度か登場する。少年たちは自転車で風のようにやってきては、デパートの屋上で遊び、地下の試食コーナーをはしごし、そこが日本一の繁華街であることなどまったく意識せずに気ままに振舞っている。それは不二家パフェをたべたり、日本初のマクドナルドでホットチョコレートをのんだ子どものころの感覚に近いものだ。

銀座はいつだってぶらぶらと散歩するだけで、十分楽しい街だった。おこづかいがわずかで、なにも買うことはできなくとも、センスよく飾られたディスプレイを眺めているだけで幸せな気分になれる街だった。あのころからもう三十年以上がたっている。今では仕事もそこそこ順調に運び、収入だって増えた。デフレ下の東京は自由につかえる遊び金を多少もっている人間には、なかなか楽しい街である。

といって夜の銀座とはあまり縁のない小説家には、いきつけの店で買いものをするのがただうれしいのだ。伊東屋ですでに何本ももっている万年筆を買う。ついでに詰め替え用のインクも緑、紫、ボルドー、グレイと各色をそろえていく。旭屋や教文館で、子どものころは手がでなかった単行本やペーパーバックを買う。HMVでクラシックやジャズの新譜をまとめて買う。通りに面したブランドショップでは、数十万という値札にため息をついて、革のジャケットはあきらめ、代わりにレザーのベルトや名刺いれを買う。

考えてみれば、どれもささやかな昼の銀座の楽しみである。そうした買いものをさげて、四丁目の交差点の角にある三愛ビルのうえにある喫茶店にいく。ぼくはあそこから見る銀座の街が好きなのだ。むかいに和光の時計台が見える。みなさんは文字盤のしたにある大理石の柱がどんな模様なのかよく見たことがあるだろうか。三越のストライプの壁面のうえを空高く秋の雲が流れていく。晴海通りをきらきらと乾いた日ざしを跳ね散らしながら無数の自動車が、音もなく滑っていく。銀座通りを歩く人は、みなどこかつんとして、ちょっとだけ普段より姿勢がいいように見える。女性たちは今日も精いっぱいのおしゃれをしてこの街にやってくるのだ。ここは日本一のステージでもあるので、誰もが観客であり、演者である。この澄ました感じが、ぼくは好きなのだ。紅茶のにおいのなかで、ゆっくりとその日の戦利品を確かめてみる。また今日もムダなものを買ってしまった。だが、人生からムダな買いものと街歩きをなくしてしまったら、どれほど生きることは退屈になるだろうか。ぼくは納得して、窓の外に目をやる。

秋の終わりの銀座の空は、底まで見える湖のようだ。またつぎにこの街にこられるのは、締切をふたつ越えた、三週間後のことだろう。

（「銀座百点」十二月号）

ある夏の日に

長谷川《はせがわ》美智子《みちこ》
（ＮＨＫ文化センター横浜・町田校講師）

空気がほんの少し雨を含んでいる夏の午前、知人から電話がきた。「小学生ぐらいの女の子たちが、段ボールに入れた子猫をもって来たの。公園で見つけたんだって。貰い手を捜してるっていうけれど、家にはもう二匹いるから飼えないの。見るだけでも見に来ない？　子どもたちが可哀相で」

去年、二十年飼っていた猫が死んでから、二度と猫は飼うまいと決心していたが、段ボールを持って知らない家を回っているという子どもたちを思うと、無下に断れなくなった。じゃ、見るだけね、と言ったが、二十分ほど後に思い直して断りの電話を入れようとしたら、また電話がきた。

「これから子どもたちを連れて、そっちへ行きましょうか。わざわざ来てもらうのも悪いから」

子どもたちが来たら、それこそ断れない。今から行くから、とたまたま在宅していた娘と二人、車に乗り込んだ。

玄関の前にしゃがんでいた四人の女の子たちが、私たちを見るとバネ仕掛けのように立ち上がった。顔が輝いている。

「ネコ、もらってくれるオバサンですか」「うーん、まあ」もらうとは限らないとは言えなかった。

「どれにする？　ほら、この二人は男の子。この二人は女の子。この子、さっきから鳴いてるの。声が大きいでしょ。この子はずっと震えてるの。おばさん、全部もらって。この子たち、別れ別れになるの可哀相」

段ボールの中には四匹の子猫がいた。まだ生まれて数日ぐらいか。小さな命が必死で助けを求めている。見ているだけで胸が苦しくなってきた。もう断れない。これが縁というものだ。私は覚悟を決めた。どうせなら前の猫と全然違うタイプにしよう。いちばん元気に鳴いている黒白ブチのオスに手を伸ばす。伸ばした手が揺れる。選ばれなかったネコはどうなるの？　私の手がネコたちの運命を分けるの？　一瞬の迷いと恐れ、そして決断。

「他の猫はどうするの」「これからまた一軒一軒回るの」女の子たちはスポイトでミルクを飲ませながら言った。

車に乗ると、子どもたちがワッと近寄ってきて、窓からいっせいに手を入れて娘の抱いた子猫をなでる。「元気でね。さようなら。もうお別れだね」と他の子猫を手に乗せて、窓から入れ、別れのあいさつをさせる。いつまでも手を振る女の子たちの姿が小さくなる。

わが家にまた猫がきた。名はヒコスケ。もう一回りも大きくなって、弾丸のように部屋の中を走り回っている。ある夏の日、四人の女の子たちがおまえを助けてくれたんだよ。


（「埼玉新聞」八月二十四日）

長いつきあい

白石《しらいし》敏男《としお》
（エッセイスト）

三十五年まえに住んでいたところは、家がちらほら見えるくらいのいちめん原っぱであった。日曜日の朝、花畑の手入れをしていると、家のまえで紙くずを燃やしていた妻が、あわてたようすでとんできた。

「お父さんたいへん」

火でも漏らしたのかと緊張した目の前に、火バサミにはさんだものがつき出された。

そこには、昨日の朝見当たらないので探していた腕時計が、真っ黒く焼け焦げた哀れな格好でだらりとぶら下がっている。

「ごめんなさい、気がつかなくて」

一歳になったばかりの娘の仕業だった。家に入り込んでくる虫を、妻が、悲鳴を上げながらチリ紙にくるみ、屑籠に捨てているのを見ていた娘は、まねをして目に付くものを手当たりしだい紙に包んでは捨てていたのだ。サイドボードにあった時計は、何に見えたのだろう。

時計店で、良いものですよと薦められたのは、値段が月給の半分にあたる額だった。高いのでちゅうちょしていると、毎月千円ずつ二十回払いの月賦にしてあげますといわれ、思い切って買ってしまった。

五年前、お年寄りの集まるレクリエーション行事の手伝いに行った。

ゲームコーナーでは、人気のあるヨーヨー釣りに、たくさん人が集まっていた。大きなビニールのプールに、色とりどりのヨーヨーがたくさん浮かんでいる。それを釣ろうと、ひとりの和服姿の女性が、プールのふちに手をかけて体をのりだしたとたん、そこがぶわぁっとへこみ水が勢いよく流れ出した。あわてて助け起こしたが、彼女も私もずぶ濡れになってしまった。

翌日、腕時計を見るとガラスの内側に水滴がついている。あのとき水が入ったのだ。

何日もくもりがとれないので、分解掃除をすることにした。買ってからちょうど三十年経っていたが修理は初めてである。

近くにある時計店に行くと、店の片隅のせまいところで、腕ぬきをして片目にレンズをはめたいかにも職人さんといった感じの、浅黒くて大きな顔のオヤジさんが仕事をしている。七十歳はとうに超えているように見えた。

修理代を聞くと二万円だという。買ったときの値段とおなじだった。

ショウケースには新品の時計が、千円くらいから並んでいた。テレビショッピングの番組では格好のいいペアウオッチが二個で九千八百円と宣伝している。もっと安いのは百円ショップでも売っている。新しいのを買ったほうが安あがりになるなぁと思っていると、

「お客さん、この時計は良いものですよ。直して使われたらいかがですか。二回点検するのでお代は高くなりますが、まだまだ使えますよ」

少し戸惑った。ちかごろは古いと見たら「そろそろ買い換える時期ですねぇ」というのが普通になっている。この職人さんは腕に覚えありとみた。そうなると後に引けない。長く使っていたので愛着もあり直してもらった。

先日、朝出がけにネジを巻くと手ごたえがない。分解掃除をしたときから五年。買ってからだと三十五年も経っていた。いよいよ寿命だなと机の引き出しにしまいこみ、十年まえ義弟の形見にもらった時計が出番を待っていたので、それを使ったが、どうもしっくりしない。

そんなおり、まるで見計らったかのように『職人のプライド』という、新聞のシリーズものに、五年まえ分解掃除をしてもらった時計店のオヤジさんの記事が載っていた。

「古い時計でも、メンテナンスするのが時計職人のプライドです」と、いっているあの職人さんは、使用人ではなく社長さんだった。

安かったら直そうと持っていくと、うら蓋をあけてのぞきながら、

「ゼンマイが切れましたね、これは在庫がないので探して直しましょう。五年前に分解掃除をしていますから、取替えるだけです」

五年前を覚えていてくれたのがうれしい。それにしても当然直すものと決めている口ぶりである。

「三十五年も使ったので、直そうかどうしようか迷っているんです」

「これはいい時計です。どこも傷んでないですよ。うら蓋のここを見てください。三十五年も使っていて金メッキがはげていないのはしっかりしているからです。買った当時いい値段したはずですよ」

ガラスに擦り傷ができ、分厚くてごついが、格好は悪くないし気に入っている。修理代はいくらなのか聞いていないが、直してもらうことに決めた。

「それじゃあ、おねがいします」

「はい、お預かりします。お代は一万円になりますが、先にいただいてよろしいですか」

古い時計は、せっかく直しても受け取りに来ない人がいるのだという。

娘のおかげで手に入れたこの時計。もう少しつき合ってもらうことにしよう。

（「随筆さっぽろ」五十五号）

一期一会

渡辺《わたなべ》　允《まこと》
（宮内庁侍従長）

阪神淡路大震災の後、外国への親善訪問を取り止めておられた天皇陛下が、平成九年になって、ブラジルを訪問されることになった。その準備を進めるうちに、ある日、日程などについてのご説明をしていると、陛下が、昭和五十三年にブラジルをお訪ねになった時のことを話し出された。十九年前のことである。

陛下によれば、その時、サンパウロの郊外に住む日系人の農家をお訪ねになる予定が組まれていたが、直前の行事が大幅に時間超過になってしまい、しかも、その後に、大勢の人が集まる式典が控えていたため、その人達を待たせるわけにもいかず、やむなく農家訪問を取り止められたという。大変気の毒なことをして、今でも、そのことが心にかかっている。確か、その農家は「タナベ」さんという家で、養鶏をしていたと思うが、できれば今度、ブラジルで、その人達に会いたいと思うので調べてみてほしいと言われる。

そんな昔のことをこれほど詳しく覚えておられること、未だに気にかけておられることに驚いて、早速、当時の記録を調べ始めた。ところが、宮内庁や外務省には、「何をなさったか」の記録はあるが、「何をなさらなかったか」の記録がない。結局、サンパウロの総領事館に問い合わせて、全ては、陛下のおっしゃった通りであったことが判明した。残念ながら、当時の「タナベ」さん夫妻は既に亡くなっていたが、その子供達と連絡がつき、サンパウロで、両陛下にお会いいただくことができた。

話は変わるが、大阪に、Uさんという音楽愛好家の製薬会社の社長がおられる。平成五年、ご縁があって、両陛下にお目にかかることがあった。お話のなかで、自分が会社を継ぐことになったのは、兄が硫黄島で戦死したためであるということを申し上げたところ、静かに耳を傾けてくださったという。両陛下は、その翌年、戦後五十年の「慰霊の旅」の一環として硫黄島に行かれることになっていた。

それから六年を経て、平成十一年、オーストリアの大統領夫妻が国賓として来日し、両陛下を主賓として催したレセプションに、Uさんも招かれて出席した。大勢の人が、押し合うようにして、天皇陛下や皇后さまにご挨拶をしようとしている。最初は遠慮していたが、宴も終わり近く、たまたま、皇后さまのお近くになったので、ご挨拶に行った。「大阪のUでございます」と自己紹介をすると、ちょっと間をおいて、皇后さまが、「あの硫黄島の……」とおっしゃるではないか。

Uさんは、その後、近くに居た私のところに来られ、感無量の面持ちで、詳細にこの一部始終を語られた。

このようなことは、記憶力だけでできることではない。両陛下が、ご縁のあった人の一人一人との「一期一会」を大切にされているからこそのことであると私は思う。

（「東京人」五月号）

犬のため息

三浦《みうら》哲郎《てつお》
（作家）

私のところの飼犬は柴犬のオスで、まだ半歳を過ぎたばかりの幼犬だが、どこでおぼえたのか時々いかにも思慮深げにため息をついてみせるという小癪《こしゃく》なくせを持っている。初め私たち家族は気づかずにいたが、道で出会うたびに相手になってくれる犬好きの奥さんにそういわれてやっと気づいた。

「このワンちゃん、心配性なのかしら。時々ため息つくでしょう。どんなしつけをなさってるのか知らないけど。」

まさか、犬にため息のつき方をしつけたりはしない。犬は四六時中私のところで暮らしているから、よその誰かから教わるということもなければ、よその誰かを真似るということもない。もし誰かを真似るとすれば、それは飼主である私だろう。犬は飼主に似るというから、うちの犬は私に似たのだろう。

私の亡母は、生前母親としての悩みの種をいくつも抱えていたせいか、よく独りになると、物思いにふけっては長いため息をもらしていた。そんな母親を間近に見ながら育った私は、いつの間にかため息と親しむようになっていた。私は、小心で未熟で、常に仕事の悩みや不安を抱えて生きている人間だから、いまでもしょっちゅうため息をもらしては拳で胸を叩いたりしている。

犬と一緒のときはかえって妙に安心して、ため息が思わず声になったりする。遠吠えのような声になるから、犬は不思議そうに私の顔を見る。人間もそんな声を出すのかと驚いている。

気をつけていると、犬のため息はきわめて短い。フッとかハッとただ息をはずませただけのようにきこえるが、短くてもため息はため息である。やれやれというくたびれた感じ、いやはやと呆れた感じが、このため息にはよく出ている。

たとえば早朝、この犬を連れて川べりの道を歩きに出かける。犬を連れてというより、犬に牽《ひ》かれてという方が正しい。私は今や動脈硬化が下肢にまで及んでいて、しばらく歩くと右の膝裏が痛み出して歩けなくなる。途中の路傍で少憩《しょうけい》しなくてはならない。ひと休み、と声をかけてコンクリート橋の欄干の土台石に腰を下ろすと、犬は、フッと得意のため息をつく。それがクスッと笑ったようにきこえるときもある。

「おまえ、おかしかったら笑えよ。」

と私は膝裏をもみながらいう。犬はそっぽを向いて川風に吹かれている。こんなときの柴犬のクールな横顔は悪くない。

（「オール讀物」九月号）

'04年版の作成に際しては、二〇〇三年中に発表されたエッセイから二次にわたる予選を通過した百五十四篇が候補作として選ばれ、日本エッセイスト・クラブの最終選考によって五十九篇のベスト・エッセイが決まりました。今回は、加藤雅彦、斎藤信也、佐野寧、十返千鶴子、村尾清一の五氏が選考にあたりました。

2005年版ベスト・エッセイ集作品募集

対象　二〇〇四年中に発行された新聞・雑誌（同人誌・機関紙誌・校内紙誌・会報・個人誌など）に掲載されたエッセイ。雑誌は表示発行年を基準とします。なお、生原稿、単行本は対象外とさせていただきます。

字数　千二百字から六千字まで。

応募方法　自薦、他薦、いずれのばあいも、作品の載っている刊行物、または作品部分の切抜き（コピーでも可）をお送りください。その際、刊行物名・その号数または日付・住所・氏名（必ずフリガナも）・年齢・肩書・電話番号を明記してください。但し同一筆者の推薦は一篇に限ります。採用作品の筆者に原稿掲載料をお送りします。応募作品は返却いたしません。尚、書籍の発行をもって、発表に替えさせていただきます。

締切　二〇〇五年一月二十一日（金）（当日消印有効）

送り先　〒102-8008　東京都千代田区紀尾井町三ノ二三　文藝春秋出版局　ベスト・エッセイ係

ISBN4-16-366060-7

人生《じんせい》の落第坊主《らくだいぼうず》
——'04年版ベスト・エッセイ集——

二〇〇四年七月二十五日　第一刷発行

編　者　日本エッセイスト・クラブ
発行者　白幡光明
発行所　株式会社　文藝春秋
〒102-8008　東京都千代田区紀尾井町三ノ二十三
電話　〇三—三二六五—一二一一
印刷所　精興社
製本所　中島製本

万一、落丁・乱丁の場合は送料当方負担でお取替えいたします。小社営業部宛、お送り下さい。定価はカバーに表示してあります。

日本エッセイスト・クラブ編

ベスト・エッセイ集

'94年版 母の写真★(単行本品切)

'95年版 お父っつあんの冒険★(単行本品切)

'96年版 父と母の昔話★(単行本品切)

'97年版 司馬サンの大阪弁★(単行本品切)

'98年版 最高の贈り物★

'99年版 木炭日和《もくたんびより》★

'00年版 日本語のこころ★

'01年版 母のキャラメル★

'02年版 象が歩いた

'03年版 うらやましい人

★印は文春文庫にも収録されています

文藝春秋刊